José Zorrilla

La leyenda de Don Juan Tenorio

Barcelona 2024
Linkgua-ediciones.com

Créditos

Título original: La leyenda de don Juan Tenorio.

© 2024, Red ediciones S.L.

e-mail: info@linkgua.com

Diseño de cubierta: Michel Mallard.

ISBN tapa dura: 978-84-9897-445-4.
ISBN rústica: 978-84-9816-282-0.
ISBN ebook: 978-84-9897-895-7.

Sumario

Brevísima presentación

La vida

José Zorrilla (Valladolid, 1817-Madrid, 1893). España.

Tras estudiar en el Seminario de Nobles de Madrid, fue a las universidades de Toledo y Valladolid a estudiar leyes y poco después abandonó los estudios y se fue a Madrid. Las penurias económicas le hicieron a vender a perpetuidad los derechos de Don Juan Tenorio (1844), la más célebre de sus obras. En 1846, viajó a París y conoció a Alejandro Dumas, padre, George Sand y Teophile Gautier que influyeron en su obra. Tras una breve estancia en Madrid, regresó a Francia y de ahí, en 1855, marchó a México donde el emperador Maximiliano lo nombró director del teatro Nacional. Publicó un libro de memorias a su regreso a España.

La leyenda de Don Juan Tenorio

I

En tiempos del cuarto Enrique,
a quien la historia y la gente
apodan el impotente,
lo cual no hay quien certifique,
andaba toda Castilla
levantadiza y revuelta;
y, por más rica, más suelta
de todo freno Sevilla.
Hirviendo en esta ciudad
de antigua discordia el germen,
sin que le atajen ni mermen
fuerza, ley ni autoridad,
los nobles y los pecheros,
partidos en banderías,
se daban a tropelías,
venganzas y desafueros;
y no hubo lugar sagrado
ni hombre honrado ni doncella
a quien la borrasca aquella
no dejase atropellado.
Germinaba cada día
por cada nueva ambición
una nueva rebelión
o una nueva bandería:
y los ricos y los nobles,
cuando las calles cruzaban,
en pos sus gentes llevaban
con hierro y defensas dobles:
y en llegando a anochecer,
de su posada al salir,
nadie podía decir

cuándo podría volver.
    ¡Fue aquel un tiempo sin par!
El Primado de Toledo,
tan sin fe como sin miedo
conspirando sin cesar,
    tiró la mitra en el coro
y, a su cabildo olvidando,
campeó, una hueste pagando
de sus rentas con el oro.
    De Santiago y de Sevilla
los prelados, a su ejemplo,
saliéronse de su templo
a merodear por Castilla;
    y para aumentar su clero
tamañas calamidades,
se presentó en sus ciudades
agresivo y pendenciero.
    Es lo que la historia arroja,
no una calumnia villana:
lo dice el padre Mariana
a vuelta de cada hoja.
    Villena y los principales
de Aragón y de Castilla
ser no hubieron a mancilla
traidores y desleales;

    y más potentes que el rey,
diéronle por impotente,
nombrándole descendiente
contra su gusto y la ley;
    y no dudando afirmar
lo imposible de saber,
a la hija de su mujer

por no suya osaron dar.
  En Ávila su persona
en efigie colocando
sobre un cadalso, quitando
la fueron manto, corona,
  espuelas, cetro y espada,
de un pregonero a la voz,
y al fin con escarnio atroz
fue su estatua derribada.
  El infante Don Alonso
su hermano, a quien todavía
barba en la faz no nacía,
mancebo impúber e intonso,
  presenció tamaño ultraje,
y se dejó coronar
y de la efigie ataviar
con las insignias y el traje.
  Fue aquel un siglo en el cual
no vio el pueblo de Castilla
más que crecer la mancilla
del menguado poder real:
  y aquel pobre rey Enrique,
tengo yo por evidente
que, si hay por qué de impotente
el título se le aplique,
  es porque con nadie pudo
y todos más que él pudieron,
a los que le escarnecieron
sirviendo él mismo de escudo.
  Todo vástago postrero
de raza que degenera
sufre de su raza entera
el peso desde el primero.

Su abuelo Enrique, al dosel
al subir a puñaladas,
no le dejaba sembradas
más que traiciones a él.

Creyó ganar con larguezas
la fe de los corazones,
y fomentó las traiciones
que procuraban riquezas.

Perdonó a todos mil veces
una y otra avilantez,
y salieron cada vez
todos del perdón con creces.

Creció en poder la nobleza,
en vicios la clerecía,
la milicia en osadía,
y el rey en mengua y vileza;

y al escándalo y la mofa
de la autoridad real
haciendo eco universal
la gente de baja estofa,

a costa del soberano
nobleza, clero y milicia,
do pudieron, sin justicia
ni ley metieron la mano.

Sin fuerza, pues, ni decoro
el rey, sin prestigio el clero,
todo el pueblo en desafuero
y en las fronteras el moro,

llegó España a extremo
que sin fe, ley ni recato,
solo atendió en tal rebato
su agosto a hacer cada cual.

Tal era la situación

del reino y rey de Castilla
cuando a la alegre Sevilla
nos lleva esta narración.

II

¡Gran tierra es Andalucía!
La gente allí alegre toma
la vida efímera a broma,
y hace bien por vida mía.
　　Con un clima siempre sano,
bajo un cielo siempre puro,
afán no pasa ni apuro
por lo que no está en su mano;
　　y en un suelo siempre abierto
a doble y feraz cosecha,
sobre él duerme y cuentas no echa
con un porvenir incierto.
　　Gran tierra es Andalucía,
y la flor de aquella tierra
es Sevilla, porque encierra
la flor de cuanto Dios cría.
　　Los moros sobre Granada
pusieron su paraíso,
mas nadie en él entrar quiso
si hizo en Sevilla jornada.
　　Quien a Sevilla no vio
no vio nunca maravilla,
ni quiso irse de Sevilla
nadie que en Sevilla entró.
　　«¡Ver Nápoles y morir!»
dicen los napolitanos;
mas dicen los sevillanos:
«¡Ver Sevilla, y a vivir!»
　　Fenicia, romana, goda,
árabe y al fin cristiana,
de toda la raza humana

la flor atesoró toda:
   árabes, godos, romanos
dejaron al paso en ella,
de su genio con la huella,
los primores de sus manos,
   y de ellos tiene a millares
modelos, tipos y ejemplos
de acueductos, puentes, templos,
alcázares y alminares:
   porque los siglos su frente
fueron tocando a porfía
con la flor de lo que hacía
de cada siglo la gente.

   Sevilla cristiana o mora,
por Mahoma o por Castilla,
fue siempre una maravilla
lo mismo antaño que ahora:
   y bizantina o moruna,
fue, predilecta del cielo,
el manantial del consuelo
y el mimo de la fortuna.

   Antídoto de pesares,
depósito de primores,
mina rica de cantares
y nidal de ruiseñores,
   entre un vergel de azahares
que aroma con sus olores
las florestas de olivares
que son sus alrededores,
   es semillero de flores
donde, harto de andar lugares,
labró el amor sus hogares
y el nido de los amores.

Su gente es como Dios quiso
hacerla en su juicio eterno,
con un tizón del infierno
y un rayo del paraíso.
   Hija del fuego infernal
y de la luz del Edén,
es capaz de todo bien
y propicia a todo mal.
   Es la Sevilla de hogaño,
como la de Alonso onceno,
de cuanto hay de malo y bueno
conjunto gentil y extraño:
   mas la de hoy y la de antaño
mezclan tan bien en su seno
la triaca y el veneno,
que la mezcla no hace daño.
   Sevilla, a margen de un río
que con sus aguas fecunda
tierra en donde todo abunda,
jardín de invierno y estío,
   poblada de hombres sin cuitas
y mujerío sin par,
es pueblo tan singular
cual sus torres y mezquitas.
   Dejó en Sevilla el fenicio
su espíritu comercial,
y a nadie falta caudal,
ya por virtud, ya por vicio.
   Dejó en Sevilla el romano
su espíritu de grandeza,
y nadie allí en su pobreza
tiene en más a un soberano.
   La Edad media tiempos góticos

diéronla su tinta mística,
de ortodoxa y cabalística
con extremos estrambóticos.

    En Sevilla dejó el moro
su guzla y su pandereta,
y en cada calle y placeta
hay de alegría un tesoro.

    Su gente, gran narradora
de consejas y leyendas,
las cuenta y las cree muy sendas:
mas las cuenta que enamora.

    Y como allí en cada esquina
se tropieza una antigualla,
tras de cada esquina se halla
una invención peregrina.

    Creyente, como es corriente
que sea el pueblo de España,
la verdad y la patraña
creyendo con fe la gente,

    Sevilla meridional,
de rica imaginativa,
es una leyenda viva,
verbosa y original.

    En Sevilla, como en Roma,
tras cada ruina o fragmento
de la madeja de un cuento
algún cabo suelto asoma.

    Allí, como en Roma, a Cristo
de todo se le encomienda:
no hay vieja que no pretenda
haber un milagro visto.

    Por doquier, de ellos provisto,
de prodigios tiene tienda,

y no hay Cristo sin leyenda
ni leyenda sin su Cristo;
   y en Sevilla, como en Roma,
todo el año es fiesta igual:
un perpetuo carnaval
y doce meses de broma.
   Y ya un santo se celebre
o un pagano aniversario,
lo que urge es que el calendario
anuncie fiesta y no quiebre:
y aunque dé gato por liebre,
que ande alegre el vecindario.
   Cuestión de clima: Dios quiso
desparramar la alegría
en la bella Andalucía
y aquello es un paraíso.
   Allí sin miedo y sin pena
se vive alegre y se muere:
por mal tiempo que corriere,
siempre es Pascua o Nochebuena.
   La noche en Sevilla es día;
pues con cancelas por puertas,
todas las casas abiertas
la dan luz, voz y alegría.
   Su gente vive en la calle,
y como de noche sea,
no hay nadie a quien no se vea
como en Sevilla se halle.
   La gente ama, se divierte,
canta, cuenta, danza y cuida
de no pasar en la vida
más pesar que el de la muerte.
   A quien da el diablo un mal día,

da una buena noche Dios:
que el mal siempre trae en pos
al bien en Andalucía.

Nadie en Sevilla se cuida
de tomar la vida a pechos:
los días por Dios son hechos
para gozar de la vida.

Las noches son para el diablo:
se peca como se quiere;
mas por menos de un vocablo...
a quien San Juan se la diere
no se la quita San Pablo.

Por un palillo de enebro
se arma lid y se hace gente,
mas también alegremente
aguanta a un majo un requiebro
la mujer del asistente.

Mientras a un hombre se mata
de un callejón a la esquina,
rompe en la calle vecina
una amante serenata:

y el mal en el bien no influye,
todo marcha de concierto:
mientras entierran al muerto,
la moza se casa o se huye.

Y vuelve a salir el Sol,
y vuelve el baile a romper:
conque ¿quién ha de poder
con este pueblo español?

Cumple, empero, que se entienda
que no es la Sevilla de hoy
la Sevilla en que yo voy
a abrir campo a mi leyenda.

La de mi cuento es la antigua:
mas no hace la antigüedad
de la opulenta ciudad
la hermosura más exigua.
   Juzgarla fuera locura
como si fuera mujer
que pierde, vieja por ser,
todo al perder la frescura.
   No; Sevilla es como el oro
cuanto más viejo, más sube;
el tiempo, como una nube
de vapor limpio, incoloro,
   de entoldarla en vez la aclara:
es como la veladura
con que una antigua pintura
un diestro pintor repara.
   La Sevilla de que yo hablo
es la de la media edad
que aún partía por mitad
su fe entre Cristo y el diablo.
   Aquella Sevilla antigua
árabe, apenas cristiana,
dama a medias y gitana,
de faz doble y de fe ambigua:
   cargada de chapiteles
belvederes y alminares,
asombrosos ejemplares
del poder de los cinceles;
   aquella ciudad vestida
de encajes y filigrana,
de fábrica soberana
para reyes construida;
   que en aéreos botareles

y esbeltísimos pilares,
en peanas con doseles
de labor rara y sutil,
tiene en nichos angulares
estatuetas a millares
que del arte son joyeles
de trabajo el más gentil:
   aquella Sevilla pura,
genuina, aún no revocada,
ignara aún y aún no preciada
del valor de su hermosura:
ignara de la riqueza
de la casa en que vivía,
cuajada de crestería
de increíble sutileza
y del precio inestimable
de la artística estructura
de su noble, incomparable
y bizarra arquitectura:
   aquella Sevilla vieja
de estucados caserones
con gigantescos balcones,
hondas ventanas con reja,
   miradorcillos volados,
puertas forradas de bronce
con postiguillos de un gonce
por de dentro barreados:
   la Sevilla de Don Pedro,
de alcázares de alabastro
de cuya cifra aún hay rastro
en las techumbres de cedro
   y en las moriscas labores
de sus estancias gentiles

al salir a los pensiles
calados por surtidores
  cuyas gotas en el día
primero que se soltaron
el albornoz salpicaron
que a la Padilla cubría:
  aquella Sevilla oscura,
tortuosa, sórdida, estrecha,
esa es la Sevilla hecha
para cuentos de esta hechura.
  Esa es a la que yo intento
llevar en éste al lector,
a no que fuerza mayor
venga a destripar mi cuento.
  La Sevilla cuya gracia
espontánea y natural,
revelando perspicacia
y agudeza sin igual,
no empezaba aún a estar lacia
con lo bufo artificial,
hijo solo de una audacia
de arlequín de carnaval:
  la Sevilla verdadera,
virgen, fresca, primitiva,
noble, franca, brava y fiera;
de vis cómica instintiva,
en ingenio la primera,
en el chiste sin rival;
rebosando por doquiera,
viva, gárrula y parlera,
eso que ella llama sal,
esa gracia intuitiva
propia, indígena, nativa,

sola, suya, original.

Que me explique quien me entienda
y quien no, que no se pique,
ni tirárselas pretenda
de penseque y de entendique:
porque en esto ni hay trastienda,
ni está dicho con repique:
conque vuelvo a mi leyenda
y a la edad del cuarto Enrique.

III

En tiempos, pues, de aquel rey
en que andaba en triunfo el vicio
y andaban sin ejercicio
la moral, la fe y la ley;
   mientras lejos de Sevilla
el arzobispo Fonseca
corría de ceca en meca
dando guerra por Castilla:
   mientras haciendo en la Vieja
de reyes muy mal papel
Don Enrique e Isabel
y Alfonso y la Beltraneja,
   hacían los grandes bando,
sin ver más que a su interés,
por Juana o el portugués,
por Enrique o por Fernando:
   mientras con muy buen deseo
el papa Paulo segundo
ofrecía a todo el mundo
perdón en un jubileo
   que en Segovia se ganaba,
y que iban con fe a ganar
(creyendo que con rezar
todo pecado se lava)
   el buen marqués de Villena,
los prelados guerrilleros,
sus soldados bandoleros,
por ende sin culpa y pena:
   mientras la tierra andaluza
traen hecha una Babilonia
el de Medina Sidonia,

a quien la ambición azuza,
     y el de Arcos, a quien anima
una altivez casi real
que a nadie sufre al igual
y mucho menos encima:
     mientras corre en fin aquel
tiempo de mengua y baldón
del que sacó a la nación,
andando el tiempo, Isabel,
     va el autor a darse traza
de abrir paso a esta conseja
de aquella Sevilla vieja
una noche en una plaza.

     Es víspera de San Juan
y fiesta por consiguiente:
bulle en la plaza la gente,
vienen unos y otros van,
     mas con grande esfuerzo y pena
porque se pisan y empujan
y se prensan y se estrujan,
y a esto llaman la verbena.
     Hay clamoreo y vaivén,
broma, algazara y chacota,
y aloque bocón se agota
con las frutas de sartén.
     Sombrajos y puestos muchos
hay de alajú y alegrías,
tabernas, alojerías,
tenderetes y aguaduchos.
     Hay grajeas y almendradas,
bizcotelas, bollos, roscas
y toda clase de toscas

e indigestas empanadas.
    Datileros africanos,
serios entre tanta broma;
frutas de subido aroma,
cacahuetes valencianos,
    y en fin, lo más andaluz,
lo esta noche más buscado
y lo mejor alumbrado
de las teas con la luz,
    las descocadas, parleras
y gritadoras gitanas
que hacen abrir bolsa y ganas
en torno de sus calderas.
    Buñuelos venden, que es pasta
correosa e indigesta:
mas sin buñuelos no hay fiesta...
y de tal materia basta,
    aunque es comida de gresca
y suele hacerse en Sevilla
por alguna gitanilla
fresca, alegre y picaresca:
    conque, aunque el buñuelo es cosa
que mal sabe y no bien huele,
ser la buñolera suele
cosa muy jacarandosa.
    Al resplandor de sus teas
y a la luz de sus candiles,
no hay más que mozos gentiles
y no se ven mozas feas:
    y entre el vulgo se asegura
que, siendo brujas de casta,
al que de su pasta gasta
le atraen la buena ventura.

El hecho es que la verbena
es una noche de broma
en que la gente se toma
en junio una noche buena.
   La multitud embaraza
la plaza para ella angosta,
pues todos a toda costa
han de meterse en la plaza;
   y sobre ello, con porfía
empujándose, adelantan,
y hasta en vilo se levantan
reventando de alegría.
   Cuantos moradores tiene
la ciudad en su circuito,
más el número infinito
de los que de fuera vienen,
   allí la ilusión haciéndose
de que gozan y pasean,
se pisan y se codean
desgarrándose y cociéndose:
   en momentánea igualdad,
codazos cruzando y frases,
mezcladas todas las clases
que forman la sociedad:
   y ojeadas cruzan y citas
rateros, dueñas y amantes,
y oyen chuleos galantes
las feas y las bonitas:
   y en honra de aquel San Juan
descabezado en Salén,
andan juntos sin desdén,
todos como hijos de Adán,
   la dama honrada y erguida,

y la moza de partido,
y el juez aún no corrompido
y el vago de mala vida:
   señorías y pelgares,
canónigos y donceles,
hidalgos de seis cuarteles,
parias sin raza ni hogares,
   soldados y capitanes
por el rey jefes de huestes,
petardistas y arciprestes,
infanzones y rufianes:
   mercaderes africanos,
mozárabes y judíos;
encapuchados sombríos,
dervichs y monjes cristianos:
   buhoneros ambulantes,
comerciantes levantillos,
juglaresas, peregrinos,
frailes legos mendicantes,
   gitanos saludadores,
genoveses marineros,
holgazanes pordioseros,
zahorís ensalmadores:
   y en movible confusión
que marea y ensordece,
toda Sevilla parece
que ha perdido la razón.
   Fiesta de origen pagano
que en las más cultas naciones
conserva supersticiones
indignas del buen cristiano.
   Residuos del paganismo
que, no pudiendo extirpar,

los tuvo que transformar
y adoptar el cristianismo.

   Pueblos que ritos impuros
ejercitaban, creían
que en tal noche se cogían
las hierbas de los conjuros.

   Superstición heredada,
todo pueblo hasta hoy conserva
la de coger una hierba
ya maldita, ya sagrada.

   Cuál fuese mala, cuál buena,
ninguno de fijo supo:
a nuestros abuelos cupo
el trébol y la verbena.

   Hoy en España cogemos
solamente la ocasión
de añadir una función
a las mil que ya tenemos.

   Nuestro vulgo que aún da fe
a presagios y conjuros,
aunque no estamos seguros
de que sepa lo que cree,

   de la noche de San Juan
mientras arden las hogueras,
cree que brujas y hechiceras
con el diablo a bailar van.

   Con uno de los tizones
de estas hogueras, de daño
y mal para todo el año
se creen libres los bretones.

   Los de Alemania están ciertos
que a la hoguera de su hogar
se vienen a calentar

las ánimas de sus muertos.

No hay, en fin, una nación
que en la noche de San Juan
no se entregue a algún desmán
por cualquier superstición.

Las de Roma son tremendas:
el degollado Bautista
tiene a su cargo una lista
formidable de leyendas;

y es incomprensible cosa
que, siendo aquella ciudad
cátedra de la verdad,
es la más supersticiosa.

Las nuestras son inocentes
cuentos de chicos menores
de edad y de ignaras gentes:
las más son sueños de amores.

Diz que moza que en su casa
y de esta noche a las doce
rompe un huevo, en él conoce
si en aquel año se casa.

Mas la verbena de hoy día,
por más que a San Juan invoque,
no encaja por más emboque
que el de una nocturna orgía.

Fiesta, en fin, nuestra y católica:
de un santo en nombre, la gente
va a la fiesta solamente
por la bulla y la bucólica.

¡Y en el cielo está el buen santo,
por su efigie en el altar,
obligado a autorizar
zambra tal y vicio tanto!

Y a los santos de Dios vi
loar siempre así, y antaño
era lo mismo que hogaño,
y aun por siglos será así.

A cada cual satisface
lo que cree según lo cree:
y diz que a Dios le complace
y que juzga de lo que hace
cada cual según su fe:
si hay quien lo sepa no sé,
discutirlo no me place,
cuando muera lo sabré.
Mientras viva, con fe entera
sostendré contra cualquiera
que la fe jamás abona
la zambra, la comilona,
el vicio y la borrachera.
Y aunque pasar las he visto
hasta en Roma por cristianas,
no me retracto e insisto
en que son fiestas paganas
en contradicción con Cristo.

IV

La noche de esta verbena,
y de la plaza en que pasa
desde el balcón de una casa,
miraba su alegre escena

una dama, cuyos traje,
apostura y compañía
acusaban jerarquía
superior y alto linaje.

La casa, por el espacio
que ocupa, por su fachada,
su ventanaje y portada,
tiene el aire de un palacio.

Con la dama del balcón
ocupan su barandal
tres hombres de aire glacial,
mas de grande distinción:

y aunque su traje y su porte
son sencillos y severos,
se ve que son caballeros
de raza y gente de corte.

Por el aire que se dan
hermanos parecen ser,
y guardando a la mujer
más que sirviéndola están.

Los tres son de edad madura,
aunque ninguno es anciano:
la dama es... un ser humano,
mas ¡qué ser!, ¡qué criatura!

Al mirarla no es posible
no admirarla: es una perla;
mas valuarla solo al verla

tampoco: es incomprensible.
     Tiene en su faz del diamante
los fugitivos destellos,
y es tan varia como aquéllos
la expresión de su semblante.
     Como tipo de hermosura
es el tipo más perfecto:
no hay descuido, no hay defecto
ni lunar en su figura.
     En tamaño y proporciones
es la estatua más perfecta:
su cabeza es tan correcta
como puras sus facciones.
     Mas la gracia no la quita
su perfección modelada,
antes la tiene extremada,
imponderable, infinita.
     De diamantes con un broche
recoge una cabellera
que envuelve su forma entera
cuando la suelta de noche.
     Sus riquísimas pestañas
las mejillas la sombrean:
sus miradas centellean
luz que abrasa las entrañas.
     Blanca como una paloma;
ligera, grácil, gentil,
cual mariposa de abril
que el Sol en un lirio toma,
     bella es como el mar en calma:
mas, semillero de antojos,
tiene la gloria en los ojos
con el infierno en el alma.

Vista, encanta y enamora;
si sonríe, magnetiza;
si se la contempla, hechiza;
si se la habla, se la adora.
    Su boca de encantos llena,
cuando una frase pronuncia,
en ella el preludio anuncia
del cantar de la sirena.
    Quien la escucha se extasía
y arrobado la oye y calla,
que en su voz flexible se halla
el germen de la armonía.
    Mujer en fin andaluza,
de esas que al mundo echa Dios
rara vez, trayendo en pos
un demonio que la azuza.
    Tipo extraño de mujer
que el demonio a largos plazos
crea y en sus propios brazos
viene a la tierra a traer:
    y al colocarla en el suelo,
por sí mismo la coloca
en los ojos y en la boca
una red con un señuelo,
    para coger en sus lazos
a los hombres, y perder
sus almas después de hacer
sus corazones pedazos.
    Tal es la alma criatura
que esta noche de San Juan,
armada del talismán
de su infernal hermosura,
    presencia desde un balcón

la verbena de Sevilla,
siendo encanto y maravilla
de toda su población.

V

Dama que habita un palacio
cuyo laboreado frontis
ostenta tantos heráldicos
lambrequinados blasones,
sin duda es bien conocida
de toda la gente noble
de Sevilla que los sitios
de la verbena recorre;
así que continuamente
de los que pasan recoge
saludos y besamanos
a los cuales corresponde.
Los dos graves personajes
de aquellos tres que componen
su compañía, aunque serios
y asaz erguidos, conformes
con los usos convenidos
entre gentes de buen porte,
devuelven también y aceptan
saludos, señas y adioses.
Mas el tercero, que casi
se oculta entre las informes
manchas de sombra que trazan
en el balcón los crestones
colgantes de sus profusos
arabescos, mudo, inmóvil,
detrás de la hermosa dama
permanece: y o le absorben
graves cuidados, o el alma
remordimientos le roen,
o se la ataraza alguna

de nuestras malas pasiones.
Como quier que sea, él fija
sus dos ojos avizores
en la gente de la plaza,
torvo, mudo, atento, inmoble,
como un escucha avanzado
que el campo vigila insomne,
como un citado que aguarda
alguien que con él se aboque,
como un tahúr que recela
que un lance se le malogre,
o como loba en acecho
que sus cachorros esconde
en una cueva y husmea
que andan osos por el monte.
  Y aquí hay algo que en tal punto
es digno de que se note,
y es que la gente saluda
y pasa, mas no hay quien ose
o tal vez quien ser merezca
recibido en los salones
de esta dama, o no hay con ella
quien tal intimidad goce,
pues nadie penetra en ellos;
siendo uso en tales funciones
que no haya casa en la plaza
sin cena y visitadores.
Cuál de este aislamiento sean
el misterio o las razones,
pues no lo dice aún la crónica,
fuerza será que se ignore.
  Ya era media noche: hundíase
la Luna en el horizonte;

menguábanse ya en la plaza
la multitud y el desorden.

Las comparsas de villanos,
de ociosos y bebedores,
por las lonjas y los pórticos
iban ya a buscar en donde
sentarse y hacer corrillo
de parientes y amigotes,
para entre tragos y cántigas
devorar sus provisiones.
La plaza, pues, despejada
ya de la gente del bronce,
que es y fue siempre la gente
de sangre caliente y joven,
a poblarse comenzaba
de parejas de otro corte:
de damas de alto copete,
de hidalgos y de infanzones
de bien rizadas gorgueras
y de empinados bigotes,
y en fin, de gentes formales
que no gustan de apretones.
Veíanse por doquiera
destellar los resplandores
de facetados diamantes
y cincelados botones,
y ondear las plumas prendidas
en birretes multiformes
con hebillas ataujiadas
y afiligranados broches.
La gente, pues, de otra estofa
y la fiesta en mejor orden,

comenzó a ser la verbena
paseo y fiesta de corte;
y en vez de andar en la feria
los maravedís de cobre,
corrieron los alfonsíes
y las zahenas de a doce.
Salió, como se decía
sin picarse nadie entonces,
la tanda de los villanos
y entró la de los señores:
conque cenas y refrescos
servíanse a caro escote,
y en paz gastaban los ricos
y ahuchaban los vendedores.
   A punto tal, precedida
de flameantes hachones,
guiada por una música
aún semibárbara y pobre
cual la producía el arte
que aún estaba en andadores,
desembocando por uno
de sus corvos callejones,
entró en la plaza una ronda
enguirlandada de flores,
que la llenó de luz trémula
y de alegrísimos sones.
   La rondalla es de gitanas:
mas con capuchas y estoques
trae de mejor catadura
padrinos y valedores.
La rondalla es gitanesca:
mas se ve que gente noble
la saca y que a todo trance

ampararla se propone.
Bajo capuces y chías
de sarga y de camelote,
se ve el capucho de malla
y las jacerinas dobles:
y aunque estoques muy ligeros
traen de seda en cinturones,
son de gancho y guardamano,
de marca real y dos cortes.
    La música bulliciosa
de instrumentos se compone
que parece que imposible
es que puedan ir acordes.
Con el salterio y la cítara
que oyeron los Faraones,
con el laúd y la guzla
que usaron los trovadores,
y los guitarrillos árabes
que producen con bordones,
cuerdas y alambres armónicos
sonidos encantadores,
iban agrias chirimías,
cimbalillos vibradores,
estruendosas panderetas
y hasta un atabal de cobre.
Mas con tales elementos
al parecer tan discordes,
concierto era que exaltaba
de placer los corazones.
Bárbara fuera esta música
de hoy para los profesores,
mas todavía con ella
bailan pueblos españoles.

Sus aires, cantables todos
sobre una letra con mote
que la sirve de estribillo
en que a tiempo el coro rompe,
son escasos de compases;
pero sus modulaciones
y sus floreos riquísimos
dejan a los cantadores
y al instrumental hacerles
riquísimas variaciones,
que han creado populares
cantos arrebatadores.

   El baile de las ronderas
con tal música uniforme,
más de carácter que de arte,
de puntas o de talones,
se acompaña y se combina
de todo el cuerpo del hombre
o de la mujer que baila
con el gesto y las acciones:
y en sus bizarras posturas
hace que el talle se combe,
que las formas se destaquen,
que las cabezas se escorcen
y los brazos, como el cuello
del cisne y de los pavones,
ondulen según con gracia
se tienden o se recogen.
Mas estos quiebros y giros
incentivos, tentadores
y excéntricos, no son nunca
las forzadas contorsiones
del dislocado payaso,

de la almea lúbrica y torpe
ni la bayadera impúdica
que en escuela se corrompe.
La bailadora andaluza
(porque en su baile los hombres
no son más que las parejas
para que el baile se forme
y para que sus mudanzas
con figuras se confronten)
no es mujer a quien su baile
prostituya ni deshonre.
No es ejercicio que implica
compromisos ulteriores:
no es exhibición que anuncia
nada más que lo que expone.
Por muy pequeños que sean,
no dan sus pies resbalones;
y sus pies no dan pie a nadie
para que su mano tome.
La bailadora, por mucho
que en su baile se abandone,
no abre los brazos al mundo
para que en ellos se arroje.
La bailadora española
baila y no más: las naciones
que no tienen bailadoras,
sino bailarinas, oyen
esto y se quedan lo mismo
que un químico que conoce
los simples de una receta,
pero que ignora las dosis.
De la mujer dice Francia:
«la que se exhibe se expone.»

Cuestión de lengua, y la lengua
francesa es oscura y pobre.
Cuestión de naturaleza,
también de clima y de humores:
lo que uso en el Mediodía
es vicio infame en el Norte.
  Tal es la ronda o comparsa
que nuestra crónica pone
en esta noche en Sevilla
a vista de sus lectores.
Su comitiva, a la luz
de sus hachas y faroles,
al son de sus instrumentos
y de sus amparadores
a sombra, haciendo un alarde
por la plaza paseóse.
Brindaron a las muchachas
por doquier dulces y flores
las damas y los hidalgos:
y a vista de los estoques
de los encaperuzados,
cuyas chías y aire noble
les daban por caballeros,
paso las abrieron dóciles
sin atreverse a chulearlas
los bravos y los matones.
Dieron vuelta así a la plaza
los de la ronda: juntóseles
muchedumbre de curiosos
por ver sus danzas; dejóse
tomar aliento a los músicos
y algunos tragos de aloque;
y después de aquel descanso

y aquel paseo, sin que orden
diera nadie para ello,
músicos y bailadores
de aquella dama paráronse
debajo de los balcones.
Formó círculo la gente
y en su torno aglomeróse,
en el balcón produciendo
dos diversas sensaciones.
La dama, en su barandal
acodada, preparóse
a gozar del espectáculo
en todos sus pormenores.
Dos de sus tres compañeros
permanecieron inmóviles
e impasibles, cual si fuesen
dos cariátides de bronce.
Mas del tercero, el que estaba
tras la dama, las facciones
y miradas de sombrías
se tornaron en feroces.
Y mientras su faz tomaba
todos los malos colores
que dan al semblante humano
todas las malas pasiones,
plantáronse las parejas,
y el tropel de espectadores
se apiñó más, impaciente
de ver cómo el baile rompe.
   Rompió, como rompen siempre
nuestros bailes españoles,
con un quiebro de cinturas
y un vuelo de guarniciones.

Las bailadoras son mozas
buenas entre las mejores:
la flor de las de Triana,
que las cría como soles.
Todas redondas de formas,
de medianas proporciones,
de cabeza chica, pelo
negro y rizo que recoge
una peineta de plata
que deja que libres floten
dos rizos que las mosquean
los ojuelos retozones.
Las dos manos traen provistas
de castañuelas de boje:
desnudo el brazo, y el cuello
libre en el rasgado escote;
de lentejuela cuajados
hombrilleras y jubones,
y de cascabeles de oro
ajorcas y ceñidores:
de modo que a cada paso
radia luz en cuerpo móvil,
y el tiempo marcar unísonos
a los cascabeles se oye.
    Cuando a una parada en firme
músicos y bailadores
el ruido y el movimiento
cortaron seco y de golpe,
rompió en un aplauso unánime
la turba de espectadores,
rasgando el crespón del viento
sus vivas y aclamaciones.

Aprovechando el descanso
en que es costumbre que tomen
aliento las bailadoras,
músicos y cantadores,
mientras duraba el estruendo
del palmoteo y las voces,
uno de los enchiados
entre las mozas metióse:
y antes que se apercibiera
nadie de sus intenciones,
a la dama del balcón
arrojó un ramo de flores.
Tirósele con tal tino
que al medio del pecho envióse,
de modo que ella, con solo
cruzar las manos, asióle.
    Quién fuera el que osó arrojársele
no vio nadie; porque el hombre,
hecho el tiro, como sombra
entre la gente perdióse:
mas vieron muchos el ramo
por el aire, y asombróles
más que del galán la audacia
el ver que ella le recoge,
pues entre la hermosa dama
y el galán que la echa flores
hay un marido implacable
como entre Venus y Adonis.

VI

Fue el hecho llevado a cabo
en el intervalo corto
que bailadores y músicos
se tomaron de reposo;
mas como el ramo no pudo
cruzar el trecho, aunque corto,
de la calle hasta el balcón
sin ser visto, recelosos
hubo muchos de que el hecho,
aunque inocente en el fondo
pudiera ser, como simple
galantería de mozo,
podría bien de los deudos
de aquella dama el enojo
provocar, y producir
resultados desastrosos.
Se sabe que aquella dama
hermanos tiene y esposo
que no son en puntos de honra
de muy fácil acomodo.
Andaba además el tiempo
tal, que cada uno a su antojo
la justicia y la venganza
se tomaba por sí propio:
y estando todos partidos
en bandos, y siempre prontos
las caras y las espadas
a sacar unos por otros,
el más mínimo incidente
podía sin saber cómo
levantar un torbellino

con un átomo de polvo.
De borrar, pues, de aquel hecho
la impresión tal vez ganosos
los músicos, de otra danza
dieron en seguida el tono.
Colocáronse en postura
las parejas, y en contorno
volvieron a aglomerarse
para verlas los curiosos.
Y estaban ya las parejas
un pie delante del otro,
dispuestas de otra salida
para el arranque brioso,
cuando ni visto ni oído
salió del palacio próximo
un hombre que, espada en mano,
se arrojó en medio del corro:
y antes que de su presencia
se apercibieran atónitos
los circunstantes, cogiendo
todo el umbral de su pórtico
otros dos, acompañados
de escuderos, mayordomos
y pajes, se presentaron
para sostener su arrojo.
Con tal prisa maniobraron
apartando los estorbos,
que de verlos sin sentirlos
queda todo el mundo absorto.
Las bailadoras y músicos,
espantados como corzos
que sienten encima echárseles
una manada de lobos,

se echaron atrás zafándose
de manos de aquel furioso,
solo en el centro dejándole
del hueco hecho de él en torno.
Cambió el cuadro en un instante:
pero no fue ventajoso
el cambio para él, pues cuando
tendió en derredor sus ojos,
vio en vez de las doce mozas
doce encapuzados torvos
y doce espadas que habían
salido ante él de sus forros,
y maniobraron tan diestros
también, que entre los del pórtico
y el intruso, al darle caras,
ya había espacio y estorbos.
Hubo un instante de pánico
y confusión mientras todos
de la situación se daban
cuenta con miedo o asombro.
El intruso era el del centro
de los del balcón: los hoscos
encaperuzados eran
de la ronda los patronos.
    Al ver que el juego iba a espadas,
comenzaron los curiosos
a desbandarse, del juego
procurando salir horros:
y el interruptor del baile,
envidando el juego solo,
con planta audaz y voz firme
dijo amenazando a todos:
—«El que osó a una dama flores

tirar, ¿quién es de vosotros?
—Yo —dijo uno de capuz,
guardando en él el incógnito.
—¿Vos? —repuso aquél tanteando
sí podía verle el rostro.
—Yo —repitió éste avanzando,
dispuesto a lid y a coloquio,
que así se entabló, mostrándose
airado aquél, y éste irónico:

Aquél   «Sabéis, pues, quién es la dama.

Éste   ¿Sois por ventura su novio?

Aquél   No.

Éste   ¡Pardiez! Tenéis más traza
de un espíritu diabólico
que quiere robarla el alma
que no de su ángel custodio.

Aquél   Hermano de su marido
soy.

Éste   ¿Y de don Gil Tenorio
tenéis el cargo en su ausencia
de estar por don Gil celoso?»
El así befado púsose
hasta el blanco de los ojos
rojo, como si le ardiera
en las entrañas un horno;
mas la cuestión esquivando,
la dio un giro artificioso;

y dijo de ella saliéndose,
pero continuando lógico:
—«Luego sabéis quién es ella,
pues que sabéis quiénes somos.
—Como sé que sois don César.
—Y porque lo soy supongo
que sabéis con qué derecho
os pregunto y no os respondo.
¿A ella iban, pues, dirigidas
vuestras flores? —¿Pues tan tonto
me suponéis que eche flores
a damas que no conozco?
—¿Luego os dio pie para echárselas?
—Ahora yo a mi vez supongo
que a pregunta tan ociosa
sabéis por qué no respondo.
—Pues ya que están tan oscuros
los derechos de uno y, otro,
echaos fuera conmigo
para aclararlos un poco.
—Vos sois el que habéis venido
a echaros entre nosotros:
si no os convenía el sitio,
¿por qué no elegisteis otro?
—Porque si aquí no os cogía,
como guardáis el incógnito,
iba a perder la ocasión
de suplicaros que el rostro
me mostréis, aunque cubierto
lo llevéis por algún voto,
que yo os guardaré el secreto
o haré que el nuncio apostólico
a mi costa os lo dispense.

—No es menester: vuestro antojo
a haberme dicho antes, ambos
hiciéramos grande ahorro
de palabras y de tiempo:
porque a fe que de retóricos
hemos dado ya tal muestra
que ni un par de San Crisóstomos.
—Decís bien, y ha sido mengua
para ambos; mostraos. —Solo
con mi nombre os basta: soy
Ulloa. —¿Cuál? —Don Alonso.

César   Pues fuera echaos, y a solas
               hablaremos.

Alonso   ¿Estáis loco?
               Después de haber dado pruebas
               de tener dos picos de oro,
               ¿queréis que, coger dejándome
               en la trampa, pruebe estólido
               que me las echo de lince
               y veo menos que un topo?
               ¿Sacáis para hablarme a solas
               vuestra gente? Es burla o dolo.
               Y pues tengo aquí la mía,
               mejor partido os propongo.
               Ya que en él para meteros
               nuestro círculo habéis roto,
               salid de él o atrás volviéndoos
               o rompiéndole: y sea pronto.

César   Los Tenorios nunca cejan.

Alonso	Pues los Ulloas tampoco.
César	¡Batalla, pues!
Alonso	¡Pues batalla! Va de Ulloas a Tenorios.
César	¡Pues adelante!
Alonso	¡Adelante!
César	Tomad, pues.
Alonso	Pues paro y doblo.» Don César con su «¡adelante!» a sí llamó a los del pórtico: y el «¡adelante!» de Ulloa puso en guardia a los del corro. Dijo a éste el «tomad» don César por su estocada de prólogo, y a su «paro y doblo» Ulloa paróla y tendióse a fondo: y empeñándose la lid y de los dos en apoyo los de sus bandos metiéndose, llegó el tumulto a su colmo. Huyeron los de las luces o por miedo o a propósito, y la lid a oscuras hizo de la plaza un pandemónium. Deshízose la verbena, tomaron pies los medrosos, rodaron mesas y jarros

y a los gritos de «¡socorro!»
de los tenderos, del sueño
salieron los perezosos
torcedores del derecho
y remendones del código.
    De repente «¡Ulloas fuera!»
gritó un acento estentóreo:
y de la liza saliéndose,
se puso aquel bando en cobro.
Gente nueva que, abocándose
por los callejones lóbregos
inmediatos, acudía,
no sirvió más que de estorbo,
perseguir a los Ulloas
impidiendo a los Tenorios;
llegando, en fin, la justicia,
como siempre, a los responsos.
    En tierra yacían muertos
dos Ulloas: el Tenorio
don César, muy mal herido,
cayó también con los otros,
y cuando alzaban su cuerpo,
la dama, que lo vio todo
desde el balcón, a su cámara
se retiró: echó el cerrojo
a la puerta, y registrando
el ramo, halló un microscópico
billete en él escondido
que decía de este modo:
    «Don Gil recibió en Sicilia
una estocada en el pecho:
y si el diablo no le auxilia,
aunque sane y deje el lecho,

no podrá en muy largo trecho
reunirse a su familia.»
   Leído que hubo el billete
la dama, en la luz quemólo:
y soplando la ceniza,
desapareció a su soplo.
Abrió el balcón; y vertiendo
gotas del ámbar de un pomo
en el pañuelo, en la atmósfera
de la cámara agitólo:
y del olor y del humo
los átomos incorpóreos
disipados, no pudieron
dar contra ella testimonio.
Entonces franqueó la puerta,
eligió el sillón más cómodo,
y se sentó, la visita
a esperar de los Tenorios.

VII

Y aquí será conveniente
y aun es necesario y lógico
no dar minuciosamente
todo un árbol genealógico
de la estirpe de esta gente;

sino los más perentorios
pormenores y accesorios
de la que anda en mi leyenda,
para que el lector comprenda
quiénes son tantos Tenorios.

Y aunque no es costumbre buena
de escritor, y aun es ajena
de la hidalguía española,
dejar a una dama sola
así en mitad de la escena;

como no se ha de acostar
a sus cuñados sin ver,
y éstos tienen que tardar,
de don César por tener
las heridas que curar:

y como, aunque son muy diestros
y apretaron bien los puños,
parece que ambos concuños
tropezaron con maestros
y están llenos de rasguños,

es claro que no han de ir
a la hermosa dama a ver
sin vendarse y sin oír
del doctor el parecer
sobre el expuesto a morir.

Pues aquí forzosamente

todos tienen que aguardar
y el lector por consiguiente,
para que no se impaciente,
de algo al lector le he de hablar.
    Conque hablemos de esta gente
a uno de cuyo solar
sacó a luz posteriormente
por lo impío y lo valiente
la leyenda popular.

    El jefe de esta familia,
de cuatro hermanos compuesta,
lidiaba al comenzar ésta
por Aragón en Sicilia.
    Nietos de Alfonso Tenorio,
sobrino del nunca quedo
arzobispo de Toledo
don Pedro: hijos de Gregorio
    y doña Leonor García,
hechos por ella parientes
de Manriques y Cifuentes,
lo mejor de Andalucía,
    estos Tenorios hermanos,
desde medio siglo atrás,
eran unos de los más
opulentos sevillanos.
    Su bisabuelo, el leal
maestresala y copero
de Don Pedro el justiciero,
fundó esta casa: y caudal
    les dejó en Tuy y Estremoz
don Pedro obispo de Tuy,
trasladado desde allí

a obispo de Badajoz.

Quedaban del rey aquel,
a quien el pobre y pechero
llamaron el Justiciero
y el clero y nobleza el Cruel,
    la memoria y tradiciones
y los odios mal dormidos
de los nietos de los idos
con él en los corazones:
    lo mismo gente de espada
que gente de jubón pardo,
con la raza del bastardo
aún no bien acomodada.

Muchos de aquel rey parciales,
vueltos al fin de un destierro
o salidos de un encierro
do fueron a él por leales,
    a sus hijos inculcaron
su odio por los enriqueños,
y entre grandes y pequeños
mucho estos odios duraron:
    y sábese cuánto auxilia
a fomentar en las razas
los odios y malas trazas
la tradición de familia.

De ésta el tronco y primer rama
fue aquel don Jofre Tenorio
que con valor tan notorio
y digno de mejor fama
    se hizo por el agareno
en el mar de Gibraltar
desesperado matar
en tiempo de Alfonso onceno.

El de Tuy y sus herederos,
nuestros Tenorios actuales,
a la tradición leales
de los Tenorios primeros,
  tachándoles de bajeza
se separaron bravíos
del partido de sus tíos,
que a doblegar la cabeza
  fueron ante los Guzmanes,
como apellidaban ellos
a los nacidos de aquellos
alfonsioncenos desmanes:
  y en lengua y ley castellana
los de Leonor de Guzmán
nunca otra cosa serán
que hijos de una barragana.
  Mis Tenorios, retraídos
en su abolengo solar,
no volvieron a tratar
con los a Castilla idos:
  rehusando hasta aquel día
sus servicios más pequeños
a los reyes enriqueños
manchados de bastardía.
  Para ellos los Trastamaras,
bastardos y usurpadores,
ni aun eran merecedores
de ver de frente sus caras:
  y, cual si en suelo extranjero
fuesen, tenían a gloria
el traer ejecutoria
del rey Don Pedro primero:
  y aun debajo de un dosel

en un salón principal
tenían el busto real
del traicionado en Montiel.

   Su casa solar gozaba
vacío en torno de un trecho,
y era un edificio hecho
a manera de alcazaba.

   Su historia era muy sencilla:
gran caserón a un convento
anejo, vínole a cuento
a Don Pedro de Castilla,

   y rey a quien nunca el clero
vio propicio ni indulgente,
no fue nunca deferente
tampoco el rey con el clero.

   Los frailes de San Francisco,
millonarios mendicantes,
por órdenes apremiantes
vendieron la casa al fisco:

   y Don Pedro el Justiciero,
al satisfacer su antojo,
probó que no era despojo,
sino venta, y dio el dinero:

   y en la escritura al echar
su firma, corrió su pluma
por debajo de la suma
sin leer, ver ni sumar:

   y el padre procurador
aprovechó el buen momento
del rey, para su convento
sacando suma mayor.

   Quedó, pues, todo legal,
del convento en pro la venta,

y el rey hizo por su cuenta
embellecer el local.

De aquel caserón enorme
sin mudar nada en el plano,
le dio un aire soberano
con su nuevo ser conforme.

Labró sus cuatro fachadas
cargándolas de blasones;
puertas festonó y balcones
con labores extremadas;

niveló todos sus pisos;
hizo estucar sus retretes,
salones y gabinetes,
alicatando los frisos:

ensambló y talló sus techos,
y cuando encontró a su gusto
de aquel caserón vetusto
los trabajos en él hechos,

y en palacio convertido,
el rey Don Pedro primero
se lo donó a su copero
por lo que le había servido:

por cuya cédula real,
con todos sus accesorios,
por solar de los Tenorios
quedó el edificio tal.

Y aquel rey galanteador
y nocturno aventurero
solía a su buen copero
fiar sus lances de amor:

y en su tiempo se decía
que por un paso secreto
de noche con tal objeto

allí Don Pedro venía.

   Después de él muerto, se dijo
que había en la casa duende:
que el vulgo en todo pretende
que haya asombro o escondrijo.

   ¡Pobre Don Pedro primero!
Desque a traición fue vencido,
siempre el vulgo mal creído
le ha traído al retortero.

   Los frailes, que el duende husmearon,
por lo que en el porvenir
pudiera un duende influir,
lo del duende propalaron;

   dando a entender a la gente
que casa que de un convento
se segrega es aposento
del diablo; y por consiguiente,

   mientras la casa no vuelva
de los frailes a poder,
del diablo no hay que creer
que a dejarla se resuelva.

   He aquí de lo que proceden
todas esas tradiciones
en que anda el diablo, en naciones
en que aún diablos andar pueden.

   «Doquier que el diablo entra en baile,
decía un sabio alemán,
frailes hay:» de ahí el refrán
de «el diablo se metió fraile.»

   La sola dificultad
que aquella donación tuvo
al hacerse, y en lo que hubo
por cierto fatalidad,

fue que eran cofundadores
los Ulloas del convento,
y pleito hubieron intento
de armar a los compradores;
   mas dada opinión legal
por tribunal competente,
quedó probado y patente
que iban los Ulloas mal.
   Inde ira: de aquí empeños
hijos del odio a ojos vistas:
los Tenorios son pedristas,
los Ulloas enriqueños.
   Mas un siglo transcurrido
y con él cuatro reinados,
los odios, si no acabados,
casi estaban en olvido:
   si al fin no hiciera el demonio,
de todos con vilipendio,
que volviera aquel incendio
a avivar un matrimonio.
   El jefe de la familia,
don Gil, a quien fue preciso
por personal compromiso
ir contra Francia a Sicilia,
   tiene una mujer tan bella
como joven, que ha dejado
de los otros al cuidado,
pero sin poder sobre ella.
   Esta hermosísima dama,
que es la dama del balcón,
casó con una pasión
por otro hombre, según fama.
   Su padre don Luis Mejía,

¡mala fe indigna de loa!,
prometido se la había
y se la negó a un Ulloa.
   Don Gil Tenorio, que era hombre
de cuarenta años y viudo,
con un hijo ya talludo,
bravo y digno de su nombre:
   don Gil, que se había casado
sin amor, mas que había sido
un excelente marido
solo por razón de estado,
   se puede bien suponer
que no tuvo pretensión
de inspirar una pasión
amorosa a una mujer:
   así que no se entretuvo
en andarse de rebozo
rondándola como un mozo;
pero la desgracia tuvo
   de apercibirse un buen día
de que a sus años cuarenta
tiene una pasión violenta
por la Beatriz Mejía.
   Alguien lo podrá ignorar
pero una pasión primera
a cuarenta años es fiera
muy difícil de domar:
   y era la Beatriz mujer
cuyo infernal incentivo
bien podía un volcán vivo
en cualquier alma encender.
   Don Gil creyó como un niño
que a aquella extraña Beatriz

podría fiel y feliz
hacer al fin su cariño:
  y ciego por su pasión,
no pudo o no quiso ver
lo que ocultar tal mujer
podía en su corazón;
  puesto que alma de infundir
capaz tan fieras pasiones,
está siempre en condiciones
de dar y de recibir.
  Oriundos de Portugal
en Sevilla, los de Ulloa
tenían aún en Lisboa
solar de mucho caudal,
  y unidos por intereses
y por cariño de hermanos,
ir suelen los sevillanos
y venir los portugueses.
  Su ausencia de la ciudad
don Luis Mejía en su pro
aprovechando, abusó
de su patria potestad.
  Mejía era un cordobés
de corazón insensible
y alma tenaz, asequible
nada más que a su interés:
  y el entrar en reflexiones
con padre tal fuera en vano,
pues dice, padre tirano,
«contra un padre no hay razones.»
  Beatriz, pues, o resignada
o con honda hipocresía,
al altar fue como iría

la mujer mejor casada,
   y el ojo más avizor
no halló el más mínimo indicio
que revelara artificio
ni pensamiento traidor.
   Nunca el más mínimo gesto
de disgusto ni impaciencia
mostró que algo en su existencia
le fuera arduo ni molesto.
   Tranquila siempre y risueña,
afable siempre y gentil,
cada día de don Gil
más amada fue y más dueña.
   De tres una hubo de ser:
o alma de grande energía
a cumplir se resolvía
como santa su deber;
   o fría, incapaz y extraña
de noble y voraz pasión,
solo la hace el corazón
el oficio de una entraña;
   o monstruo de hipocresía,
aborto de ogro y sirena,
su pecho de hurí envenena
el corazón de una harpía.
   Pero tal vez presunción
de don César es solo esta,
pues aún prueba manifiesta
no hay de tal suposición.
   Don Gil no la puso tasa
ni coto a nada, y sumisa
sin bajeza, solo a misa
salió con él de su casa.

Saraos no ansió ni festines,
y de bondad cierto indicio,
distracciones y ejercicio
buscó solo en sus jardines.

«Tu palacio es para mí
el mundo todo; y si quieres
darme fiestas y placeres,
procúramelos aquí,»

dijo a don Gil una vez
que él la propuso salir
al mundo y en él vivir
con lujo y esplendidez;

y cuando llegó el momento
de que él partiera a Sicilia
dijo: «Solo a tu familia
recibiré en mi aposento.

»Pero hazme, Gil, un favor:
que no tenga yo en tu ausencia
que soportar dependencia:
solo tú eres mi señor.

»Déjame con tus hermanos,
pero déjame sin tasa
la libertad en mi casa;
no se me tornen tiranos.»

La demanda pareció
tan justa a don Gil, que dicho
dejó al partir que a capricho
suyo viviera, y vivió.

Nadie coartó su antojo:
solo don César se había
emperrado en la manía
de no quitar de ella el ojo.

Pero aquí estuvo su mal:

porque a fuerza de mirarla
tuvo por fuerza que hallarla
de hermosura sin igual.

Secretos del corazón,
que es de misterios un nido:
don César se halló cogido
en la red de su atracción.

Aquella mujer sagaz,
comprendiendo que era el solo
que en ella husmeaba dolo
y que era astuto y tenaz,

desplegó tal artificio
siempre en su trato con él,
le dio a gustar tanta miel,
que fue su arte maleficio.

Don César con gran recato
e infinita precaución
obró: pero era el ratón
entre las uñas del gato.

Aquella infernal mujer
de diabólico atractivo
le probó de su incentivo
el diabólico poder.

Le mareó de tal manera
que hubo al fin de comprender
que entre él y aquella mujer
él el más fuerte no era.

Don César era hombre fiero
y de su deber esclavo
y hombre de llevar a cabo
su deber de caballero:

así es que a la sola idea
de la posibilidad

de sentir en realidad
pasión de adulterio rea,
    su honradez se rebelaba;
mas por su afán hecho espía
de tal mujer, no sabía
y si la odiaba o la adoraba.
    Producía en él su vista,
su trato y conversación
una infernal sensación
de odio y de embeleso mixta.
    Cual pájaro fascinado
por hálito de serpiente,
como náufrago arrastrado
por vorágine potente,
    don César no se podía
de aquel encanto apartar
y buscaba sin cesar
su riesgo en su compañía.
    ¡Siempre esperando tenaz
sorprender un leve indicio
de su condición falaz,
y siempre del artificio
    de aquella mujer sagaz
envuelto en el maleficio,
de arrastrarla a precipicio
cada vez más incapaz!
    Un día, estando con él
en su gabinete a solas,
él luchando entre las olas
de su incertidumbre cruel,
    cierto de su mal obrar,
deseando concluir
y del dédalo salir

en que se había ido a enredar,
   por impaciencia, despecho
o confianza arrastrado,
la habló del tiempo pasado:
¡nunca tal hubiera hecho!
   Ella, con una sonrisa
del desprecio más supremo,
retirándose a un extremo
del salón, llamó con prisa:
   y al presentarse azorados
dos pajes del aposento
al umbral, dijo: «Al momento
que vengan mis dos cuñados.»
   Quedó don César absorto:
mas aún esperó un instante
que le sacara triunfante
ella de ira en un aborto;
   mas conocíala mal,
porque a sus hermanos dijo,
teniendo su ojo en él fijo,
con el aire más glacial:
   «Llevaos a ese atrevido;
que no vuelva solo aquí,
y decidle ambos por mí
que Gil solo es mi marido.»
   Y sin más explicación
la espalda, altiva, tornándoles,
salió del cuarto dejándoles
en la mayor confusión.
   La piedra estaba tirada:
y piedra y palabra sueltas,
nadie sabe cuántas vueltas
dan ni dónde hacen parada;

y fue un tiro tan feliz
como justo de calibre:
desde entonces se vio libre
de don César Beatriz.

Y de tal delicadeza
siendo y riesgo tal asunto,
nadie de tocar tal punto
tuvo después la torpeza.

Ellos, a don Gil su hermano
por no ofender sin motivo
evidente y positivo,
nunca la van a la mano.

Ni hay en su conducta tacha:
pues, caprichosa tal vez,
muestra a veces candidez
y caprichos de muchacha.

Libre, sola y asistida
por personal servidumbre,
llevó a su antojo y costumbre
aislada, excéntrica vida.

Y por más que de ella se hable,
por mal que de ella se crea,
por más extraña que sea,
nada en tal vida hay culpable.

En labores se la pasa
y jamás la calle pisa;
jamás sale de su casa
más que a San Francisco a misa.

Y cuando va, va en litera
y de servidumbre tanta
seguida, que ni una infanta
mejor asistida fuera.

Y en cuatro reclinatorios

cercanos al presbiterio
asiste al santo misterio
siempre con los tres Tenorios.

Ni hace ni admite visitas:
en el piso medio mora
del palacio, cual señora
sin deseos y sin cuitas.

Mas mujer en quien concurren
extremosas circunstancias,
los días que en sus estancias
sola pasa, no la aburren.

Con sus doncellas trabaja
de extrema delicadeza
en labores; cada pieza
es una artística alhaja

y hace de ellas cada día
don al convento contiguo
como han hecho en tiempo antiguo
damas de su jerarquía.

Miniadora incomparable
en vitela y pergamino,
ilumina con gran tino
algún códice notable.

Diestra en cantar y tañer,
de ruiseñor con garganta,
como el ruiseñor encanta
cuando canta por placer.

En el trovar entendida,
de Santillana y de Mena
copia de errores ajena
posee, de ellos hecha en vida.

Y sabiendo de memoria
a Viana y Jorge Manrique,

cuando hay quien se lo suplique
recita que es una gloria.

    Quien tales recursos tiene
en sí misma, se concibe
como en el retiro vive
y en su casa se entretiene.

    A más de que, no aceptando
dominio ni dictadura,
caprichosa se procura
festejos de cuando en cuando.

    No da saraos ni festines:
mas gusta de adivinanzas
y de suertes y de danzas
de zahorís y bailarines,

    y alivia la pesadumbre
del voluntario aislamiento
reuniendo en su aposento
su familia y servidumbre

    para oír de los juglares,
los zahorís y adivinos
las suertes, los desatinos,
las zambras y los cantares.

    A veces, de noche en horas,
para ella y sus tres hermanos
hace venir africanos
rabíes y almeas moras.

    Y aquí es donde ojo avizor
anda César como un gato
buscando contra el recato
el incidente menor,

    mas ella desde el estrado
la danza y fiesta presencia
con el decoro y decencia

de una dama de su estado.

Nada hay, pues, de él que decir
ni nada en él que tachar,
sino que es muy singular
el tal modo de vivir.

Y así, viven sus cuñados
de don Gil con la mujer,
sin saberse a qué atener,
sin pruebas desconfiados.

Tal es doña Beatriz:
y en verdad que se me antoja
que si no les trampantoja,
ella es cándida y feliz.

Aunque el color de su tez,
sus ricas ceja y pestañas,
sus aficiones extrañas
por gente de tal jaez

y la luz que alguna vez
fulguran sus negros ojos
al contrariar sus antojos,
desmienten su candidez.

Ella en los veintiuno está:
sin ser viejo, su marido
de cuarenta pasa ya,
y hace un año que se ha ido..
Lo que haya... parecerá.

VIII

Ahora que ya, buen lector,
estás en el pormenor
de los datos accesorios
con que entenderme mejor,
volvamos a mis Tenorios.

Don César yace maltrecho,
bien vendado en un buen lecho,
y el médico de él augura
que tienen muy mala cura
sus dos heridas del pecho.

Pero a sus hermanos dijo:
«No es que a muerte le sentencio,
mas para salvarle exijo
que esté quieto, inmóvil, fijo
y en absoluto silencio.

»Según su constitución
y del mal según el sesgo,
le costará, en mi opinión,
lo menos su curación
dos meses, pasado el riesgo.»

Y después de haber curado
a don Luis y a don Guillén
y sus rasguños vendado,
de don César al cuidado
encargándoles que estén,

se despidió hasta otro día;
y quedó cosa acordada
que a don César velaría
don Luis, y a ver subiría
don Guillén a su cuñada.

Visita era inexcusable,
la ocasión de tan infausto
suceso, el fatal origen
de aquel desastre fue el ramo:
y era además, aunque débil,
la primer huella de un rastro
sobre el cual estaba puesto
don César hacía un año.
　Doña Beatriz habitaba
las cámaras de aparato
del primer piso; don César
las mismas del piso bajo;
los otros dos ocupaban
las mismas del piso alto;
la servidumbre tenía
lo posterior del palacio:
disposición que permite
por el honor y el resguardo
velar de la dama o darla
cárcel de honor en sus cuartos,
puesto que el acceso a ellos
podía ser vigilado
por adentro y por afuera
con los ojos de tres argos.
　Ella esta noche no había
ni siquiera un paje enviado
a saber lo acaecido:
esperaba a sus cuñados,
su visita era infalible:
estábase ya en el caso
de plantear la cuestión, y ella
plantearla quiso dejarlos.
Había visto a los Tenorios

que, como peces incautos
al primer cebo, el anzuelo
sin ver, le habían picado;
haciendo bueno su juego
su primer salida errando
contra el que el cebo arrojaba
en vez de coger el ramo.
Don César, a quien los ímpetus
de la cólera cegaron,
salió ciego, mas los otros
obraron más que él sin cálculo.

   Don Luis y don Guillén eran
caballeros de grande ánimo,
de gran dignidad, sin tacha
ni misterio en su pasado.
Dos nobles de antiguo temple,
intransigentes con cuanto
toque a la honra: en casos de ella
dos jueces calificados.
Mas no eran como don César
sabuesos de buen olfato,
incapaces de perderse
una vez puestos en rastro.

   Don Guillén y don Luis no eran
nobles de vuelo tanto
que volaran en el viento
de Beatriz, que era un pájaro
que volaba en las tinieblas
y no dejaba volando
ni plumas ni emanaciones
que señalaran su paso.

   Ya de la noche corridos
iban más de los tres cuartos

cuando a doña Beatriz
a don Guillén anunciaron.
«Que entre,» dijo con la calma
más perfecta: y con un brazo
don Guillén en cabestrillo
entró, y ella trabó diálogo:

Beatriz   Ya era tiempo de que alguno
acudiera a decirme algo.

Guillén   ¿No habéis estado al balcón
lo sucedido mirando?

Beatriz   Lo que sucede en la calle
no sé si no es por relato.

Guillén   Don César fue herido en ella
y tal vez muera.

Beatriz   Si estado
se hubiera tranquilo en casa,
estuviera bueno y sano.

Guillén   Salió por el honor vuestro.

Beatriz   Salida de pie de banco;
salió a echar mi honra a la calle,
por ella al dar tal escándalo.

Guillén   Desde ella un ramo de flores
públicamente os echaron.

Beatriz   Las flores duran un día

y la deshonra mil años.

Guillén   ¿Por qué vos sin recogerle
           no dejasteis caer el ramo?

Beatriz   Yo ni injurio ni desprecio;
           obsequios no son agravios:
           si era de un noble, era injuria;
           desprecio, si de un villano.

Guillén   Damas de prez no reciben
           flores en público.

Beatriz   Al paso
           se echan hasta al arzobispo
           que las recibe en el palio.
           Flores en Sevilla se echan
           a cualquier dama y no hay sandio
           que en la tierra de las flores
           de las flores haga caso.

Guillén   Al recibirlas sabíais
           de quién eran.

Beatriz   Supongamos
           que sí: pero para todos
           era un encaperuzado;
           con dejarle ir se iba todo
           con él, como el ruido vago
           de la serenata, como
           todo lo inane y fantástico
           que no tiene fundamento,
           pie ni base; y nos ahorráramos

yo mi deshonra y vosotros
vuestra sangre y el escarnio.

Guillén   ¿Creéis que si Gil estuviera
en el balcón como estábamos
no hubiera de él a la calle
como nosotros bajado?

Beatriz   Y estuviera en su derecho
como le pluguiere obrando;
mas don Gil es mi marido
y vosotros mis cuñados.

Guillén   Pues a él nos someteremos
dándole cuenta del caso.

Beatriz   No temáis que yo os lo estorbe
ni que haga por mí otro tanto.

Guillén   Y cuando él vuelva...

Beatriz   Si vuelve;
pero mientras, entendámonos;
en ausencia de don Gil
yo sola en mi casa mando.
Don César ha echado la honra
de su mujer en el fango
de la plaza, y si Gil vuelve,
veremos lo que hacen ambos,

Guillén   ¿Qué han de hacer hombres idólatras
de su honor sino ampararlo?
Vos de él deberéis entonces

responder ante los cuatro.

Beatriz   De lo que os respondo es
de que mi marido hará harto
si es que perdona a don César
idolatrar mi honra tanto.

Guillén   Vos dais vueltas a esa idea,
de don César solo en daño.

Beatriz   Más vueltas la dará Gil
no más en su pro.

Guillén   Catamos
que es semilla de cizaña
que sembráis en nuestro campo.

Beatriz   Pues arrancadla del vuestro
si podéis, que yo la arranco,
antes que crezca, del mío.

Guillén   Nosotros os le guardamos
en ausencia de don Gil.

Beatriz   Yo de vosotros me guardo
y por eso, mientras vuelva
don Gil, para sus hermanos
estarán mis aposentos
desde esta noche cerrados.
Los de don Gil y los míos
para mi servicio aparto:
viviré en ellos de día
con mi servidumbre: en cuanto

cierre la noche, sus llaves
y sus cerrojos echados,
quedaré sola: de noche
conmigo misma me basto.
    Y así doña Beatriz
concluyendo, en un silbato
que llevaba a uso de entonces
de su cinturón colgado,
sopló y al paje que entraba
al son dijo: «Id alumbrando
a don Guillén a sus cámaras:
cerrad tras él y acostaos.»
    A tan brusca despedida
don Guillén estupefacto,
no supo nada mejor
que hacer que irse cabizbajo,
    Quedó doña Beatriz
mientras le alcanzó mirándolo
y dijo con la sonrisa
del desdén más soberano:
«Solo es raza temerona:
don César es tigre a ratos,
mas yo soy una leona
y los Tenorios son gatos.»

    Pasaba julio: pasádose
había el día de Santiago,
la mayor fiesta de España
por ser su patrón el santo.
Don César, fuera por obra
de la ciencia o por milagro,
de las garras de la muerte
poco a poco iba escapando.

Una de las estocadas
le había de claro en claro
pasado el pulmón: mas hecha
por sí la sangre coágulos,
contúvose la hemorragia
por un reposo tan largo
como absoluto, o mejor,
porque así en sus juicios altos
lo quiso Dios que hizo al hombre
de fragilísimo barro,
mas le dio gran consistencia
al amasarle en sus manos.
La otra estocada metiéronle
de la garganta en los bajos,
que a poco no le perforan
de la voz el aparato.
Así es que va reponiéndose
con muchísimo trabajo,
aunque ya fuera de riesgo,
solo es cuestión de cuidado.
Aún yace en el lecho, lleno
de vendajes y de trapos,
mas ya empiezan a moverle
con tiento sobre un costado.
Ya empieza a hablar y comienza
a servirse ya de un brazo,
mas la quietud y la dieta
tiénenle insomne y escuálido:
y pasa las largas noches
rabioso y desesperado,
revolviendo sus recuerdos
y proyectos amasando.
Doña Beatriz no ha salido

un momento de sus cuartos,
ni ha querido un solo instante
recibir a sus cuñados.
Come allí sola, despide
su servidumbre temprano,
y cierra sus aposentos
por dentro: capricho extraño
que asombra a todos, que nadie
comprende y que es corolario
de su excéntrica existencia
y su carácter fantástico.
A altas horas de la noche
se oyen su voz y sus pasos
cual si sociedad tuviera
con los duendes y los trasgos.
Por la mañana se viste
sola y no llama hasta tanto
que, ya sentada, la arregla
su camarera el tocado:
minia, borda, canta, lee
con muy cortos intervalos
y no pregunta en el mundo
lo que pasa ni ha pasado.
   De una insólita pereza
o del natural cansancio
de la falta de ejercicio
acometida, en un ancho
sillón permanece siempre
sentada, y ni sus criados
ni sus doncellas han vuelto
a verla en pie. Antojos raros
de mujer antojadiza.
Los Tenorios no han osado

romper su consigna, y fáltanles
motivos para intentarlo.

IX

Y tan a gusto en su cama
don César permanecía
como debió San Lorenzo
estar sobre sus parrillas.
Su curación retardaba
con la impaciencia y la ira
en que su indomable espíritu
perpetuamente se agita.
Noches eternas de insomnio
pasa, a sus memorias íntimas
eternamente pasando
su imaginación revista:
y cuanto más las repasa
con más rabia se imagina
lo que pasa o pasar puede
en casa que él no vigila.
De sus hermanos inquiere
perpetuamente noticias
de las que solo sospechas
adquiere y no ratifica.
De noche, a la luz escasa
de una mustia lamparilla,
él con el oído alerta
y el ojo avizor espía
y escucha, sin darse cuenta
de su origen, las efímeras
visiones y los mil ruidos
que en la atmósfera vacía
crea el silencio nocturno
en sus tinieblas tupidas
de fantásticos rumores

y fantasmas movedizas.
Don César, de sus sentidos
con la lucidez perspicua
en que les tienen sus ansias,
la abstinencia y las vigilias,
ve y oye, y si no los oye
ni los ve los adivina,
mil rumores y mil sombras
cuyo origen no averigua.
A veces, imperceptible
casi, tras de la maciza
pared con que está su cama,
no en contacto, mas contigua,
siente pasos que seguros
sobre la piedra se afirman
sin dar a la piedra sólida
la trepidación más mínima:
sin provocar de eco alguno
la repercusión más nimia
y sin que sepa si al lado
de él es, debajo o encima:
y él cree, tiene certidumbre
que no son quimeras hijas
de los celos y delirios
de su alma y su fantasía,
sino huellas de entes vivos
que en un pavimento pisan
del palacio, iguales siempre
y siempre a las horas mismas.
Quién es el que las produce
y en qué suelo las afirma
es con lo que él dar no puede
por más que el seso se hila:

pero ello es algo de ser
y gravedad positiva
que pesa y pasa a través
de la fábrica maciza.
Mas nada en aquellos ruidos
y visiones le horripila
el alma, que tiene siempre
absorta en su idea fija:
ni la tuvo de que fuesen
cosas estas producidas
por causas maravillosas,
porque él no cree en maravillas:
no; estos ruidos y quimeras
le acosan y martirizan
el ánimo en la impotencia
que su cuerpo inmoviliza:
mas si él pudiera del lecho
alzarse e ir de puntillas
tras de sombras y de ruidos,
él con su origen daría:
pues no hay efecto sin causa
ni ruido se determina
en el silencio, si en él
choque o son no le motiva.
Ya una vez inútilmente
ha hecho registrar de arriba
abajo el palacio entero:
ya ha un mes que tiene vigías
de noche puestos en todas
sus entradas y salidas,
y él oye y siente..., mas nada
sus sospechas justifica.
Sus hermanos le complacen

suponiendo que delira,
y duermen con centinelas
en una paz profundísima.

   El veintinueve de agosto,
en la noche de aquel día
en que de la legendaria
degollación del Bautista
hace la Iglesia Católica
conmemoración fatídica,
yacía en brazos del sueño
ya en altas horas Sevilla.
Don César, que ya habla recio
aunque no aun sin fatiga
y sin dolor ya excesivo
de los pulmones respira,
en su lecho desvelado
su cuerpo flaco reclina
en un montón de almohadones
de cerda fresca y mullida.
De ante muy bien adobado
una sábana suavísima
le cubre el cuerpo sensible,
no le acalora y le abriga.
Por una de las ventanas
de su cuarto entra la brisa
no libre aún del bochorno
del ardor de la canícula,
y a su soplo casi inerte
la llama mustia agoniza
de la lamparilla y hacen
leves ondas las cortinas.
Don Luis, que ha puesto su cama

en la cámara vecina,
pues ya tener a don César
no es menester a la vista,
dormía en paz cuando en sueños
sintió que con mucha prisa,
pero muy quedo, don César
en despertarle insistía.
Echóse fuera del lecho
y acudió a la lamparilla
para dar luz a la alcoba
a encender una bujía:
pero a los «no» repetidos
con que con voz decidida
aunque muy baja don César
hacer luz le prohibía,
fuese a él en la penumbra:
y al sentir su mano asida
por él diciéndole «escucha,»
escuchó..., mas nada oía.

César   ¿Oyes?

Luis   Nada.

César   ¿No percibes
unos pasos que gravitan
cercanos, como de monjes
que sobre sandalias pisan?
   Don Luis escuchó un momento
con atención profundísima
y dijo al fin:

Luis   No oigo nada.

César	Ya pasó.
Luis	Tu pesadilla.
César	Te digo que no está sola.
Luis	¿Quién?
César	Beatriz: comunica con los de fuera de noche.
Luis	¡Qué extraña monomanía te acosa, César!
César	Te digo que siento, que oigo, que arriba pasa algo que nos afrenta, que nos burla.
Luis	¿Qué?
César	Una intriga que hay que sorprender; un velo que hay que rasgar; un enigma que hay que descifrar... ¡Escucha!.. ¿No oyes pasos?... Se aproximan.
Luis	Sí, pero son en la calle.
César	Sí, mas con los que yo oía se confunden..., los ahogan; su son al suyo domina.

Luis	Es gente que pasa; déjate
	de quimeras, César; mira

Luis   Es gente que pasa; déjate
de quimeras, César; mira
que te matas con fantásticos
delirios que te aniquilan.
Es gente que pasa: duérmete.
  Y así diciendo, mullía
las almohadas a don César
don Luis, cuando repentina
sonó una aldabada recia
sobre la puerta maciza
del palacio, retumbando
por sus bóvedas vacías.
Los dos hermanos la oyeron
con asombro: a la rejilla
del postigo acudió atónito
el guardián que en él vigila,
y a su voz de «¿quién va?» afuera
respondió otra conocida:
«Abrid. —¿A quién? —A don Diego
Tenorio. —¡Virgen Santísima!»
Claras don Luis y don César
oyeron por la vecina
reja abierta las palabras
por el que llegaba dichas.
Corrió don Luis al vestíbulo:
y ante la puerta, al abrirla,
los brazos tendió a don Diego
que tornaba de Sicilia.
Tras él, con los ojos bajos
y pálida faz, venía
su buen ayo Per Antúnez,
del mozo guardián y egida.

Al verle don Luis, del hombro
de don Diego por encima
al abrazarle, sintió
que un miedo vago encogía
su corazón; y soltando
a don Diego, a las pupilas
mirándole, preguntóle
con angustia profundísima:

Luis   ¿Y tu padre?

Diego   Muerto.

Luis   ¡Muerto!

Diego   Sí.

Luis   ¿Cómo?

Diego   De dos heridas
en el pecho y la garganta,
tras dos meses de agonía.
    Quedó don Luis aterrado
con tan infausta noticia
dada tan sin circunloquios,
y sintió por sus mejillas
correr abundantes lágrimas
que brotaban ardentísimas
de sus ojos, a los cuales
de su corazón subían.
Mas a través de una pena
tan profunda y tan legítima,
mientras que su alma en silencio

en ella estaba sumida,
una reflexión bizarra
se la asaltó repentina:
la extraña coincidencia
e igualdad de las heridas:
en la garganta y el pecho
las de don Gil en Sicilia
y en el pecho y la garganta
las de su hermano en Sevilla.
¿Fueron por la misma mano
y por una causa misma
con la misma intención hechas?
¿Quién sabe? ¿Quién lo averigua?

X

Una hora después, delante
de la cama de don César,
a la luz de una bujía
que ardía sobre una mesa,
don Luis, don Guillén, don Diego
y Per Antúnez de Anievas
meditaban, relatada
la siciliana tragedia.
Per Antúnez era un hombre
de edad y estatura medias,
en casa de los Tenorios
de alta estima y de gran cuenta.
Su padre y abuelo habían
asistido en paz y en guerra
a los ascendientes de estos
cuatro Tenorios: él era
de don Gil el mayordomo,
de don Diego el ayo: y yedra
de los Tenorios, a ellos
iba unida su existencia.
Hombre de honradez sin tacha,
de valor a toda prueba,
de extremado atrevimiento
y de perspicacia extrema,
toda esta noble familia
su confianza le acuerda,
y como de ella le tratan
y de ella él se considera.
De don Diego como egida
fue con don Gil, y en la huesa
al dejarle allá, a Sevilla

dio con don Diego la vuelta:
y vuelve en la convicción
de que por derecho hereda
el de servir al que quede
con la autoridad suprema:
a don Diego por ser vástago
de la rama primogénita
y a don César por mayor
de los Tenorios que quedan.
Antúnez les ha contado
de don Gil la muerte, y cuenta
les ha dado de sus horas
y voluntad postrimeras.
Su testamento aún cerrado
puso a la luz de la vela
sobre la mesa después
de su narración, y espera...
que sus hermanos y su hijo,
bajo la impresión funesta
de la muerte de don Gil,
la lloren como la sientan.
   Tras largo espacio pasado
en silencio, fue don César
el primero que osó el diálogo
entablar de esta manera:

César   Por la relación del hecho
aquí por Antúnez hecha,
resulta que ha sido Gil
asesinado en contienda
nocturna, entablada a posta,
para que se hallara en ella
al volver a su morada,

de su casa ante la puerta.

Antúnez   Así fue.

César   Al interponer
su autoridad, mano experta
le dio, preparada a dárselas,
mis dos estocadas mesmas.

Antúnez   En la garganta y el pecho:
iguales a las dos vuestras.

César   Como en España, en Sicilia
la justicia en la impotencia
llegó tarde: quedó impune
quien se las dio, y tras de luenga
enfermedad, triste cabo
dio don Gil a su existencia.

Antúnez   Así es.

César   Pues procuremos,
ya que justicia en la tierra
no hay por lo visto, que al menos
venganza su muerte tenga.
Y como acá en mis adentros
tengo yo sospechas
de la causa de su muerte
y de mis heridas, mientras
de ellas me curo y me pongo
de su autor sobre las huellas,
abramos el testamento
por si da luz para verlas.

El testamento era breve:
don Gil en su hora postrera
prohibía su venganza
y perdonaba su ofensa,
Virtud rara en aquel tiempo
en los que de tal manera
morían; mas que en don Gil
se comprende: su dolencia
fue larga: la religión
se sentó a la cabecera,
y a Dios volviendo su espíritu,
murió como Cristo ordena.
Daba a su viuda Beatriz
cinco mil doblas zahenas,
marcando las propiedades
de que la hacía heredera.
Dejaba a su hijo don Diego
todo el resto de su herencia,
y de él y ella a sus hermanos
por tutores y albaceas,
mandándoles que habitaran
y que jamás la vendieran
la casa de que Don Pedro
hizo a su copero ofrenda.
Y esta era obligada cláusula
de los testamentos de esta
raza, desde el del copero
del rey hasta el de la fecha.
Así es que ningún Tenorio
podía la casa en venta
poner mientras de su raza
un individuo existiera,
alguno de la cual siempre

habitar debía en ella
y en los mismos aposentos
en que el copero viviera.
Por consiguiente, los cuartos
do la viuda se aposenta
pertenecen, como jefe
de la familia, a don César.
Como tal pertenecieron
a don Gil; mas su vivienda
no pertenece a su viuda
en quien él hijos no deja.
Pero el actual testamento
previene en cláusula expresa
que la doña Beatriz,
mientras viuda permanezca,
podrá habitar en sus cámaras
con su servidumbre y rentas
propias, libre y con derechos
a absoluta independencia.

Nadie objetó nada en contra,
todos a cumplir entera
la voluntad de don Gil
obligados en conciencia;
y viendo que comenzaba
la luz del alba en las rejas
a reflejar, como jefe
de casa ya, habló don César:
«Id a reposar, don Diego,
con Per Antúnez; que mientras
inexcusable tributo
dais a la naturaleza,
nosotros resolveremos

con calma lo que convenga.»
    La orden era positiva:
de la familia cabeza
era ya don César y
debíasele obediencia.
Don Diego y Antúnez fuéronse:
y estando ya en pie y alerta
la servidumbre, y hallándose
su cámara ya dispuesta,
quedáronse en ella a solas
con su cansancio y su pena.
Y a solas con sus hermanos
así que se vio don César,
dijo hacia el lecho atrayéndoles
con una imperiosa seña:
    «El testamento de Gil
opino por que no vea
ella.» Al oír tal fruncieron
sus dos hermanos las cejas.

Luis   ¡Villanía!

César   No: yo insisto
            en que con alguien de afuera
            comunica: y ha llegado
            la ocasión de hacer la prueba.

Luis   Ya es libre: con rentas Gil
            e independiente la deja.

César   Solo ha que lo es dos semanas
            y un año ha que nos afrenta.

Luis	Es una mujer.

César	Es una infame.

Luis	La pasión te ciega, César.

César	No: sé lo que digo.

Luis	Tú lo crees; pero ¿y si yerras? Don César, la voz bajando, díjoles casi a la oreja: «¿Y si está encinta?»

Luis y Guillén	¡Deliras!

César	Yo necesito en pie verla: cosa que sé que hace meses no logra ni aun su doncella.

Luis	Tienes una idea fija, hermano, con la que sueñas siempre.

César	Mis largos insomnios dar me han hecho en tal idea: y a fuerza de coger hilos y de atar cabos a fuerza, tengo el del ovillo.

Luis	Tienes

recelos.

| César | Casi evidencias. |

| Luis | Pues andemos con gran tiento. |

César

Sí, por Dios; pero no a tientas;
y pues tenemos ya el cabo,
devanemos la madeja
antes que nos la enmarañe.

| Luis | ¡Sí, por Dios!.. Mas no te vendas. |

| César | ¿Qué es venderme? |

Luis

Hablemos claros
de una vez, aunque lo sientas:
o das en loco o tú la amas:
de cualquier modo que sea,
lo mejor es que acabemos:
líbrate y líbranos de ella.

| César | ¿Que la amo?... ¡Cristo! La odio. |

Luis

Los extremos se tropiezan
y el amor y odio violentos
sin saber cómo se truecan.

| César | ¡Luis! |

Luis

Nadie se ve a sí mismo,
y estamos viéndote, César.
Venguémonos de los hombres,

puesto que en ello hombres entran;
pero de hombres en secretos
no metamos a las hembras:
pues va a ser secreto a voces,
y el que las da no se venga.

César   Yo os probaré...

Luis   Mas no ahora:
reposa: nos amedrenta
tu agitación: tranquilízate;
tiempo tenemos, ten flema.
   Don César, o convencido
por la razón, o sin fuerzas
por su debilidad física,
no habló más y se dio a buenas.
En su lecho colocáronle
cómodamente, y la espesa
colgadura ante él corriendo,
le instaron por que durmiera.
Quedóse su cuerpo inmóvil,
muda se quedó su lengua;
mas quedó su inquieto espíritu
dando a su esperanza vueltas.
Sus hermanos ocupando
dos sillones de vaqueta,
en la cámara inmediata
se pusieron de él en vela:
y esperando que al influjo
de la fatiga se duerma,
se quedaron en silencio
al de su propia tristeza.

XI

Corre el tiempo, crece el día,
y el palacio en honda calma,
mudo cual cuerpo sin alma,
parece tumba vacía.

Mansión del duelo, en el hueco
de su cavidad, desierta
al parecer, no despierta
ningún son vital un eco.

No atraviesa humana huella
por corredor ni aposento;
no se siente el movimiento
ni el ruido menor en ella.

Duerme don César: reposa
don Diego, mozo y cansado,
con ese sueño pesado
de la juventud dichosa.

Duermen en sus dos sillones
los dos Tenorios: abierta
no tiene aún Beatriz su puerta:
y de las habitaciones

de sus dueños respectivos
los servidores aguardan
las órdenes que retardan
bien dolorosos motivos:

y aguardan con el respeto
de servidumbre que sabe
de su pesadumbre grave
el doloroso secreto.

A más, tiempo ha que el ambiente
de aquel alcázar exhala
efluvios de un aura mala

que aspira ya mal su gente.

   La de doña Beatriz
sobre todo se apercibe
de lo expuesta que en él vive
con ella al menor desliz.

   Todo en resumen augura
y todos ven que en tal casa
ahonda cada hora que pasa
un volcán de desventura.

   Ya iba de más transcurrido
del día el cuarto, y lucía
ese Sol de Andalucía
que del placer la hace nido;

   cuando en son imperatorio
un aldabazo potente
volvió a la vida a la gente
de la casa de Tenorio.

   Era, con toga y golilla,
un oidor vara en mano,
seguido de un escribano
de la Audiencia de Sevilla,

   que a dar de oficio venía
a Beatriz conocimiento
y copia del testamento
que el juez de Sicilia envía.

   Nadie rehusar osó
paso a tal autoridad
que con calma y gravedad
el vestíbulo cruzó.

   Tomó la escalera: al piso
principal llegó: y, alerta
sin duda, franqueó su puerta
ante él Beatriz sin aviso.

Cumplió el juez con su deber
con breve formalidad,
y de la dama en poder
el pliego tras de poner,
   y otro con celeridad
de ella tras de recoger,
con la misma gravedad
volvió al patio a descender
y fuese, sin promover
rumor ni incomodidad
que no fueran menester.
   Y fue asunto de momentos:
el juez había ya partido
y no habían aún podido
salir de sus aposentos
don Diego y Antún que al ruido
habían tarde acudido,
absortos y soñolientos,
a saber lo acontecido.

   Cuando don Guillén entró
a don César a decir
que acababa de venir
el juez y a qué, se quedó
   mudo don César y absorto
de que hubiera la justicia
de Sicilia tal noticia
enviado en tiempo tan corto.
   Conque en el que él empleó
cómo fuese en discurrir
túvole el juez de cumplir
su cometido, y partió.

XII

Don César, don Luis, don Guillén

César   ¿No lo veis ya? ¿No os decía
que estaba en correspondencia
con los de afuera?

Guillén   Y sabía
que más Gil no volvería;
porque de la conferencia
  que a solas conmigo tuvo
rumiando palabras sueltas,
recuerdo ahora que sostuvo
que no volvía, y que a vueltas
con ese equívoco anduvo.

César   Llevadme allá arriba, hermanos:
quiero por mis propios ojos,
quiero por mis propias manos
ver, romper sus trampantojos...

Luis   Fuera una acción de villanos,
  César, en una mujer
con quien ya nada nos liga
ojos ni manos poner.

César   A ello el honor nos obliga.

Luis   Vil a nadie obliga a ser.
  Si afuera comunicar
puede, será por señales
o cartas: salir ni entrar

nadie puede, ni pasar
a ella por nuestros umbrales
    sin ser visto, por más diestro
que sea: puesta en secuestro
está y cercada de espías,
César, y no es honor nuestro
darnos a esas villanías.
    Tú crees lo de que yo dudo,
tú estás celoso y sañudo.

César   ¡Voto a Dios!...

Luis   No alces el grito:
si es, no he de ser yo su escudo
ni sin pruebas su delito.
    Dejémosla en paz vivir,
pues de Gil es voluntad
y nos la impuso al morir:
si es lo que crees..., la verdad
tendrá a la luz que salir.
    La luz esperemos, pues,
que alumbre esta duda oscura;
verse ha lo que es o no es:
sanar en tanto procura
tú, que si es lo que tú crees,
prueba traerá tan segura
que no podrá de los tres
pasar hacerla a través,
sin sentirla, criatura
a quien no dé la natura
alas en lugar de pies.

    Y bien don Luis calculaba:

pero don Luis no notaba
en su cálculo un desliz
y es el de que era más brava
y astuta que él Beatriz.

XIII

Buen plan el de don Luis era
y fuera infalible plan
a dar en su ejecución
con una mujer vulgar.
Por consejo de don César,
de sosegarse incapaz,
don Diego ir a visitarla
debía: era natural:
su madrastra no podía
su visita rehusar,
pues siempre cortés con ella
fue él y respetuoso; mas
don Diego era aún un mozo
imberbe, casi un rapaz,
y aunque de gran desarrollo
y gran fuerza corporal,
sencillo, dócil y apenas
entrado en la pubertad,
de ninguna observación
se le podía encargar.
Sus tíos, ya sus tutores,
tienen empeño formal
en que no se contamine
con la atmósfera letal
de los odios de familia,
que es joven para afrontar,
y en que conserve cerrados
ojos y alma a la maldad
en la cual viven envueltos,
por razones que aún no están
al alcance de un mancebo

que aún no las debe alcanzar.
　　Los tres, en fin, siendo célibes
aunque aún a viejos no van,
solo en don Diego esperanzas
fundan de posteridad.
Ponerle, pues, en contacto
con Beatriz era errar;
mas en su pasión don César
en tales errores da.
Don César quería, solo
por puro afán personal,
enviar cerca de ella a alguno;
como si de ella al tornar
ver pudiera algo en él de ella
cual de un espejo en el haz;
acercar a alguien, en fin,
a quien no puede él llegar.
E iba a arriesgar de don Diego
la candidez virginal
en manos de una hembra que,
siendo de todo capaz,
en vez de soltar ante él
prenda alguna, o luz de dar,
había en que las sacase
de él gran probabilidad.
Pero aunque era una torpeza
cuando menos paso tal,
insistió en él de su espíritu
por febril necesidad.
De ser recibido el mozo
el favor al demandar,
le obtuvo inmediatamente
con acogida cordial.

Doña Beatriz recibióle
de una ancha mesa detrás,
cargada de objetos raros
muy largos de enumerar,
extraños y heterogéneos,
apto empero cada cual
para una labor o un arte
de las que a la vista están
trabajos ya adelantados
y en tren de finalizar,
a los que la noble dama
se dedica con afán.
    Era la hora de vísperas;
Beatriz al aceptar
la visita de don Diego,
entre uno y otro brazal
de su ancho sillón sumida,
la cabeza echada atrás,
fatigada o perezosa
parecía dormitar.
Del balcón los cortinajes
entoldados a mitad,
la brillantez de la luz
y el calor para templar,
de la amplia y lujosa cámara
mantienen la claridad
en una suave penumbra
que de la dama a la faz
y a los dorados objetos
de aquel ostentoso ajuar
templadas tintas, misterio,
calma y poesía dan.
Don Diego anduvo discreto

en su visita y formal;
doña Beatriz, ni risueña
ni melancólica asaz,
mostróle, digna y graciosa,
noble familiaridad,
no tocando delicada
punto de cuestión actual.
Tratóle, en fin, cortesana,
cual mozo cuasi hombre ya,
sin cariño intempestivo,
con franca afabilidad;
y en conversación ni grave
ni voluble por demás,
discreta, oportuna y diestra,
hechizó al mozo leal.

Al despedirse don Diego
le dio su mano a besar,
y entregándole un escrito
cerrado, le dijo: «Dad
a vuestros tíos, don Diego,
ese escrito, por el cual
espero que regulada
mi posición quedará.»
Y enviándole una sonrisa
hechicera, celestial,
y una mirada lumínea...,
calló... y le dejó marchar.

Aquel escrito decía:
«Cuñados míos: de hoy más
no hay parentesco ni deudo
ni lazo ni afinidad

entre nosotros. Vosotros
con injusticia sin par,
por sandia torpeza y odio
inmotivado y tenaz,
el derecho os abrogasteis
tiránico e ilegal
de vejarme, so pretexto
la honra de Gil de velar.
Mientras vivió os he sufrido
con la esperanza falaz
de hacerle ver a su vuelta
conducta tan desleal.
Pero muerto Gil, cuya alma
nunca quise acibarar,
quiero que quién es su viuda,
para que no erréis, sepáis.
Mi padre con Gil casóme
por tirana autoridad
y yo, como hija sumisa,
resignada fui al altar.
Mas como a Gil no amé nunca,
ni plugo a Dios, por su mal
y por mi bien, descendencia
a nuestra unión otorgar,
como con él con vosotros
todo lazo temporal
rompe la muerte, dejándonos
a todos en libertad.
Nada acepto de su herencia:
que don Diego en mi lugar
reciba cuanto su padre
me lega; doyle además
cuantas joyas y preseas

me dio en vida, liberal,
y renuncio hasta al derecho
en su casa de habitar.
Rica soy: rico es mi padre:
con los Tenorios no está
mi corazón: nada de ellos
quiero haber ni conservar.
Aunque me curo muy poco
de cómo de mí podrá
juzgar el vulgo villano
a los que nos quieren mal,
continuaré en vuestra casa
ajena al mundo social,
de enfermedad so pretexto,
en mi aislada soledad
hasta que vivienda propia
en donde irme a aposentar
tenga fuera de Sevilla,
y de Castilla quizás.
Pero como me habéis puesto
con villanía vulgar
en derredor cien espías
de criados en lugar,
he dado al juez una carta
para mi tío el guardián
del monasterio vecino,
el cual con celeridad
me agenciará un mayordomo
y una dueña que vendrán
tal vez hoy mismo, en los cuales
me podré al menos fiar;
con quienes, como quien soy,
decoro y seguridad

tendré en mi interior, y a quienes
haréis hasta mí llegar.
He aquí lo que llamar puedo
proposiciones de paz;
pero si queréis la guerra
como hasta aquí continuar
no tenéis más que atreveros
a trasponer el umbral
de mis cuartos y veréis
de lo que soy yo capaz.»
   Los Tenorios se pusieron
con asombro a comentar
cartel tan extraordinario,
reto tan claro y audaz;
pero por más que le dieron
vueltas a solas, por más
que buscaron sutilezas
contra quien razones da,
no tuvo al fin más remedio
su prevención suspicaz
que convenir en que libre
de su autoridad está
doña Beatriz; y si es
lo que cree el odio voraz
y celoso de don César,
no hay más que hacer que esperar.

   Cuando dueña y mayordomo
con la carta del guardián
se presentaron, dejáronles
sin inconveniente entrar.

No pudo verles don César

desde su lecho: al zaguán
salió don Luis para verlos
por mera curiosidad.
No son ni viejos ni mozos,
no parecen bien ni mal:
de beata hay algo en ella
y algo en él de sacristán.
Hicieron a don Luis ambos
sin altivez ni humildad
un saludo, y un «Dios guarde
a vuesarced» al pasar
le dijeron; respondióles
don Luis: «Y a todos; entrad,»
y les mostró con el dedo
la escalera principal.

    Cuando les sintió en las cámaras
de la dama penetrar,
dijo entre sí: «Dos lechuzas
de las que anidan detrás
del altar de San Francisco.
Nunca tuvo ni tendrá
buena sombra ese convento
para esta casa; y a par
uno de otra mal se tienen
y hacen mala vecindad.
¡Pájaros de mal agüero
se me figuran! Jamás
los Tenorios y los frailes
amasaron juntos pan
en tiempo alguno y... ¡por Dios,
que es bastante original
que agencie la servidumbre
de una mujer su guardián!

Si ella intenta en la partida
hacer los frailes entrar...
no va a quedar más remedio
que meter a Satanás
por los Tenorios. —¡Malditas
desde la mujer de Adán
todas ellas! Creo que ésta
nos va el juicio a trastornar
como a César y daremos
en locos tras él. Mas ¡bah!,
no hay que ver visiones. De ella
la loca excentricidad
del carácter es lo que
nos hace desatinar.»

    Don Luis era hombre de seso,
pero empezaba en verdad
a caer bajo el influjo.
de aquella hembra singular.

XIV

Pasó otro mes: don César mejoraba
y, a pesar de su insomnio y aprensiones,
ya con franqueza y claridad hablaba
y aspiraba el aliento y le exhalaba
casi ya sin dolor de los pulmones.

Débil empero y flaco todavía,
aunque del lecho a alzarse comenzaba,
aún de su aposento no salía
y con ajeno apoyo caminaba:
y si vivía, en fin, se lo debía
a su gran robustez y a su alma brava,
que hombre era de tan recia contextura
como de alma tenaz y vida dura.

Ya fuera que Beatriz, falta de sueño
por falta de ejercicio, se acostara
muy tarde y desvelada trasnochara;
ya fuera que don César en su empeño
celoso o pertinaz lo imaginara;
fuera, en fin, que en verdad lo percibiera,
ello es que en altas horas insistía
en que a veces sentía
son de pasos de alguno que, de fuera
viniendo, en el palacio penetrara
y cerca de su cámara pasara.
Sobretodo hacia el quince de septiembre
y en una noche de creciente Luna
y lluviosa a turbión, dijo que el ruido
más perceptible oyó que en noche alguna,
y fuera por el sitio que su lecho
ocupara, a algún eco sometido
de la bóveda cóncava elevada

en el solo lugar que ocupa oído,
o por otra razón, ello era un hecho
que excepto él los demás no oían nada.
Don Luis y don Guillén nada sintiendo,
de don César lo creen monomanía;
siguen de su aprensión caso no haciendo,
que se le pase, imaginando, el día
en que repuesta su salud del todo
su turbada razón no le extravíe
y esperando que juzgue de otro modo
las cosas cuando ya no desvaríe.
Porque para ellos es casi evidente
que la coincidencia
de percibir más ruido en el creciente,
prueba que son delirios de maniaco
que ya sufren influjos de demente;
debilidad muy natural en hombre
de larga enfermedad convaleciente,
y en cuya situación nada hay que asombre
a sus hermanos, conociendo el flaco
de don César, que sueña y ve visiones
o en la debilidad de su cerebro
o al influjo febril de sus pasiones.
    Don Luis y don Guillén, atentos solo
a acechar la ocasión de su venganza,
si claro ven de Beatriz el dolo,
con espíritu activo,
práctico y positivo,
en el tiempo poniendo su esperanza,
en su astucia sagaz e indagaciones
secretas confiando y no en visiones,
averiguan y husmean
de los Ulloas todas las acciones;

pero por más que espían y rastrean
de quien sospechan con razón la pista,
por más que por Sevilla callejean
y que por sus contornos veredean,
más de tres meses ha que echar la vista
nadie logró de los que en ello emplean
sobre un Ulloa: y ven con maravilla
que no queda un Ulloa por Sevilla.

Pasó otro mes: se concluía octubre:
don Luis y don Guillén, sin más indicio
que la conducta excéntrica y extraña
de Beatriz que nada acaso encubre
más que un vano y fantástico artificio
para evitar con maña
el trato familiar con sus cuñados
por ella detestados,
comienzan a formar distinto juicio
y a creer que es don César quien se
engaña.
Éste, a su vez, ya de ellos recatándose
con Per Antúnez solamente aliándose,
su sociedad y vigilancia evita,

solo con Per Antúnez encerrándose
día y noche en las cámaras que habita.
Y en Per Antúnez nada más fiándose
y en su manía sin cejar, medita,
forja, acepta y desecha muchos planes
en el febril anhelo que le agita
para ver si una prueba precipita
que cumpla o que disipe sus afanes.

Y un día creyó al fin dar
con el medio de romper
de aquella falaz mujer
el encierro singular.

Como por sucesos tales
y yacer él en su lecho
a don Gil no se habían hecho
ni entierro ni funerales,

dijo: «El día de difuntos
dignas exequias le haremos
a las cuales ir debemos
todos sus parientes juntos.

»Yo estoy ya capaz de andar;
y de mi casa al salir
por primera vez, debo ir
por Gil a la iglesia a orar.»

Nadie pudo a ello objeción
poner: y en aquel convento
contiguo su enterramiento
teniendo y su panteón,

a los frailes avisaron,
quienes de paños mortuorios
por cuenta de los Tenorios
a hacer acopio empezaron

la iglesia para enlutar:
con lo que empezó a correr
por Sevilla que iba a ser
función soberbia y sin par.

Don César, con el anhelo
del que ve al cabo logrado
su deseo más ansiado,
hizo citar para el duelo

a Beatriz de manera

tan firme e imperativa
que no tuviera evasiva
ni excusa que la valiera.
  Mas grande su asombro fue
al recibir por respuesta:
«Señalad hora y dispuesta
para partir estaré.»
  Don Luis y don Guillén vieron
en asentimiento tal
la cosa más natural,
y de don César rieron
  cuando, contra todos solo,
caviloso aún sostenía
que en tal sumisión tenía
que haber oculto algún dolo.
  Llegó, al fin, el día dos
de noviembre, y el momento
de ponerse en movimiento
toda la familia en pos
  de los frailes franciscanos
que a casa a buscarla van
precedidos del guardián
y con cirios en las manos.
  Apenas entrar sintió
a la pareja primera
de frailes, de la escalera
en lo alto se presentó
  doña Beatriz, envuelta
en un velo transparente
que dejaba libremente
contemplar su forma esbelta;
  su bien quebrada cintura
bajo los pliegues cimbraba

del velo, y transparentaba
los rasgos de su hermosura.
    Alzó su presentación
después de tan larga ausencia
en toda la concurrencia
murmullo de admiración:
    y en ella anhelando huellas
hallar, ocasión de enojos,
don César sintió en los ojos
de sus ojos las centellas;
    y de su velo a través
sintió que absorto, anhelante,
con su mirada triunfante
le postraba ella a sus pies.
    Pero esto pasó no más
y en un punto entre los dos,
apercibido quizás

tan solamente por Dios,
por ellos y Satanás.
    Ella empezó la escalera
solemnemente a bajar
y de ella al pie aproximar
mandó don Luis su litera.
    Cerráronla en ella: a lomo
los esclavos la tomaron
y sus puertas ocuparon
su dueña y su mayordomo.
    Hacia San Francisco echó
la fúnebre comitiva;
y a una mirada furtiva
de don César, respondió
    Per Antúnez con un gesto

del cual el significado
era el de «idos sin cuidado,
que yo sé cual es mi puesto.»

Y fue en aquella ocasión
cosa fácil de advertir
que de la casa al partir
la fúnebre procesión,
    cual si temiera enemigos
durante los responsorios,
cerró la de los Tenorios
rejas, puertas y postigos:
    lo que dio claros indicios
de ser cuestión de impedir
a alguno entrar o salir
durante aquellos oficios.
    Hubo aún otra observación
que hizo el vulgo sevillano,
que era como buen cristiano
dado a la murmuración,
    y fue que juzgados fríos
en religiosas materias
por clero y personas serias,
vistos casi como impíos
    los Tenorios, raza hostil
a los monjes franciscanos,
pusieron hoy en sus manos
el funeral de don Gil.
    Pero olvidaban sin duda
los que tenían afán
de murmurar, que el guardián
era tío de la viuda,
    y que sus antecesores

en el panteón del convento
tienen, por ser bienhechores
de él y de él cofundadores,
lugar para enterramiento.

XV

Las honras fueron suntuosas,
las de un rey lo fueran menos:
la vanidad de los frailes
y los Tenorios a un tiempo
quedó satisfecha, y de ellas
absorto el cristiano pueblo.
La iglesia de San Francisco,
colgada de paños negros
orlados y cairelados
con galones y con flecos
de plata, estaba enlutada
dejando ver en su centro
un suntuoso catafalco
tendido de terciopelo,
cargado y lambrequinado
con los blasones soberbios
de los Tenorios, que brillan
bordados del alto féretro
en los costados del paño
que se arrastra por el suelo.
Doce cirios que sustentan
candelabros gigantescos
alumbran no más la nave
cuyo calado crucero,
rosetones y ajimeces
cierran crespones y velos
que hacen nocturno crepúsculo
la luz matinal del cielo.
Cien calaveras posadas
sobre dos cruzados huesos,
con sus bocas ya sin labios,

sin lengua ni voz ni aliento,
con sus ojos sin miradas
ya lóbregos agujeros,
sus pómulos ya sin carne
y su testuz sin cabellos,
decoran todos los arcos
y todo el cornisamento,
de la nada humana símbolos,
del fin del hombre mementos.
   Tuvo, pues, don Gil Tenorio
unos funerales regios,
con calaveras, blandones,
paños, borlas, terciopelos,
lloronas y piporristas;
y le cantaron los trenos
chantres de potentes voces
y coro de reverendos.
Profusión de agua bendita
tuvo, de cera y de incienso;
muchos Requiescat y A porta
inferi erue animam ejus,
que escucharon como música
celestial, con el buen pueblo
de Sevilla, los Tenorios
el funeral presidiendo
y la viuda arrodillada
al umbral del presbiterio
en reclinatorio gótico
labrado de marfil y ébano.
Fue una función solemnísima,
un espectáculo serio:
de atención para el creyente,
de inquietud para el incrédulo,
de admiración para el vulgo,

de lucro para el convento,
de honra para los Tenorios,
de pro para los pañeros.
Don Gil mismo, aunque en Sicilia
murió casi como un perro
en un callejón, herido
de noche a traición, si verlo
pudo desde el otro mundo,
pudo decir satisfecho:
«Mal muerto y bien enterrado;
al cabo, del mal el menos.»

Concluida la ceremonia
con el Requiescat postrero
y el último guisopazo,
los tres Tenorios el duelo
a despedir comenzaron,
de parientes y de deudos
y de amigos cabezadas
aceptando y devolviendo.
Cuando unos tras otros todos
la iglesia dejando fueron,
quedando solos en ella
los frailes, la viuda y ellos,
esperaron que la dama
bajara del presbiterio
con ellos a reunirse
y tornar como vinieron:
mas vieron, sin darse al pronto
razón de tal movimiento,
que los frailes hacia ella
detrás del guardián se fueron.
Juzgaron que, deferente,

su tío, a honrarla dispuesto,
iba él mesmo a recogerla
para entregársela él mesmo;
mas con el mayor asombro
y no menor corrimiento
vieron que aquél, de sus frailes
poniendo a la viuda en medio,
se dirigía hacia el pórtico
del lado del Evangelio
que daba salida al claustro
del patio del monasterio.
Don Luis a esta evolución
entró, aunque tarde, en recelos
de que el dolo que don César
presentía fuese cierto.

Don César mal dominando
de ira un repentino vértigo,
con pasos tan mal seguros
como si estuviera ebrio,
arrastrando a sus hermanos
avanzó en su seguimiento:
don Diego, sin orden suya
de avanzar, se estuvo quieto
con la familia, lo que
pasaba no comprendiendo.
Los Tenorios con los frailes
llegaron al claustro a un tiempo
casi, los frailes llevándoles
de ventaja un corto trecho:
mas ya estaba lleno cuando
en él penetrar quisieron.
Desde lo alto de tres gradas

que a él dan de la nave egreso
y al patio que abre a la calle
paso por el lado opuesto,
por encima de cerquillos
y capuchas ver pudieron
en el patio bien armados
veinte jinetes, cubiertos
con antifaces los rostros,
como era uso en viajes luengos.
Una litera, que tiene
con el postiguillo abierto
un paje, aguarda a una dama
que debe ocupar su asiento.
Dos mulas de fraile esperan
dos mujeres o dos viejos
que en sus cómodas jamugas
hagan un viaje sin riesgo.
Tres acémilas cargadas
con bucólicos pertrechos
acusan que es largo el viaje
que va allí a tener comienzo;
y a un grande carro vacío,
que espera aún su cargamento
que no está a la vista, envuelve
no sé qué aire de misterio.
Cargo en un instante hiciéronse
los Tenorios de todo esto;
mas antes que le rompieran
rompió el guardián el silencio
diciéndoles: «Vuestra casa
no es ya, nobles caballeros,
para doña Beatriz
decoroso alojamiento,

y parte adónde la llaman
deber y cuidados nuevos.
—¿Adónde? ¿Cuáles?, con ímpetu
preguntó don César. —Lejos
de Sevilla, dijo el fraile
con flema y con tono seco,
lejos de cuanto ha tenido
cerca tal vez mucho tiempo.»
    A estas palabras, del todo
la situación comprendiendo,
sintió don César parársele
el corazón un momento
y trastornarle una tromba
vertiginosa el cerebro,
quedando un instante mudo,
ahogado por el despecho.
Aprovechando aquel rápido
paroxismo pasajero
que a don César embargaba,
Beatriz, ante quien abrieron
paso los frailes entre ella
y don César interpuestos
hasta entonces, acercóse
a sus cuñados diciéndoles
con tono en que rebosaban
desdén, mofa, odio y desprecio:
    «Cuñados míos, ya veis
cómo he las cosas dispuesto
y están de más las palabras
donde hablando están los hechos:
ahorremos, pues, las inútiles
como gentes de talento.
El guardián de San Francisco,

mi tío, tiene con sellos,
firmas y certificados
legales un documento
por el cual de hoy para siempre
lo que Gil me legó dejo
a don Diego, su hijo, que es
su legítimo heredero.
Mi equipaje, que en mis cámaras
dejé en baúles abiertos
por si, curioso, don César
quiere saber lo que hay dentro,
al padre guardián, mi tío,
que entreguéis de grado espero
para que él hoy los expida
detrás de mí, y... olvidemos
lo pasado entre nosotros
cual si hubiera sido un sueño,
pues de lo por mí pasado
con vosotros no me quejo.
Lo pasado lo hizo Dios
o el diablo: mas ya está hecho;
lo presente lo he cogido,
cual me lo habéis dado, al vuelo;
del porvenir... cada cual
a mirar tiene derecho
por el suyo, y no es el mío
vivir más en poder vuestro.
Conque, señores cuñados,
hasta más ver: y os prevengo,

don César, que si con vos
en mi camino tropiezo
otra vez, no seré yo

quien procure tal encuentro
y me creeré autorizada
a haceros quitar de en medio.»
    Dijo doña Beatriz:
besó con mucho respeto
la mano al guardián: los frailes
cercándola la siguieron
hasta la litera, entre ella
y los Tenorios poniendo
como al descuido una valla
de santos hábitos; y ellos,
perdida al ver la jugada,
cruzando otra vez el templo,
con don César casi en brazos
a su casa se volvieron.

    Don César, trémulo, torvo,
pálido y calenturiento,
se encerró con Per Antúnez
en su cámara por dentro.
Don Diego y la servidumbre,
que lo del claustro no vieron
porque en la iglesia quedáronse
órdenes no recibiendo
de los tres hermanos, fuéronse
también a casa siguiéndolos
y estaban en el vestíbulo
esperándolos inquietos.
Don Diego, de quien sus tíos
recataron sus recelos
del caso de su madrastra,
por ser el caso uno de esos
difíciles de explicarse

decentemente a un mancebo
y que entre hombres se comprenden
hasta sin dar cuenta de ellos,
esperaba los mandatos,
mozo paciente y modesto,
de sus tíos y tutores
a quienes está sujeto.
Don Luis y don Guillén mudos
gran rato permanecieron
en el vestíbulo, absortos
en sus propios pensamientos.
   Como ellos los servidores,
irresolutos e inciertos,
no osaban las reflexiones
interrumpir de sus dueños.
Y henchía la casa aquella
un ambiente de misterio
fatídico; había en su aire
un no sé qué de funesto
y amenazador, un lúgubre
y fatal presentimiento,
alimentado por algo
vago, incógnito y siniestro
que fermentaba en su atmósfera,
el corazón comprimiendo
de cuantos la respiraban
con ansia bajo sus techos.
   Apercibióse don Luis
al cabo del mal efecto
que hacía en sus familiares
su distracción, y volviendo
en sí y a su aplomo, dijo:
«Podéis, sobrino don Diego,

rezar por vuestro buen padre
en vuestra cámara;» y vuelto
a sus servidores, díjoles:
«A los quehaceres domésticos
id;» y a los de su cuñada
la palabra dirigiendo
por fin, les dijo: «Vosotros
quedáis de hoy a antojo vuestro.
La señora se retira
de nuestra casa: el arreglo
de vuestras cuentas hará
nuestro mayordomo luego
que se las presentéis, si
la señora no lo ha hecho.»
    El paje y la camarera
que de la antesala adentro
servían a Beatriz,
se adelantaron diciendo:
«La señora nos pagaba
adelantado y tenemos
el salario de noviembre
recibido por entero.»
Don Luis dijo gravemente:
«La señora era en efecto
muy puntual y prevenida:
de que os pagara me alegro.
Podéis iros.» —Los criados
saludaron y se fueron,
los unos a sus quehaceres,
los otros tras amo nuevo.

XVI

Fuera a posta o por desliz,
sus puertas de par en par
y sus cofres sin cerrar
dejó doña Beatriz.
  Pensar que en ellos pudiera
ocultarse criatura
viviente, fuera locura
y absurdo supuesto fuera:
  y tanto más evidente
cuanto que se descuidó
el fraile y no los pidió
hasta la tarde siguiente.
  Ni en don César mismo cupo
la idea vil de un registro,
ni, de sus iras ministro,
pensar tal Antúnez supo.
  Don Luis, pues, como bizarro
caballero, los cerró
y sus llaves entregó
al que los llevó en el carro.
  Y cuando el carro partió
dijo a don Luis don Guillén:
«No creí librar tan bien;»
y don Luis dijo: «Ni yo.»

Guillén	Paréceme que se va de nuestra casa el demonio.
Luis	Fue en verdad un matrimonio que anudó el diablo quizá.

Guillén	A ser yo mejor creyente,
	cruces hiciera erigir
	en su puerta y bendecir
	la casa devotamente.
Luis	No des en eso jamás.
Guillén	¿Pues qué mal de ello deduces?
Luis	Que en casa tras de las cruces
	entraría Satanás.
	Y pues la ocasión se ofrece
	y a solas nos encontramos,
	del caso en que nos hallamos
	oye lo que me parece.
	No hay que echar nunca en olvido
	que desde su fundamento
	esta casa y el convento
	mal fundamento han tenido.
	Los Tenorios pertenecen
	al partido de aquel rey
	cuyos recuerdos y ley
	los clérigos aborrecen.
	Muerto aquel rey y vencido,
	ellos harán que la historia
	guarde una mala memoria
	del a quien tanto han temido.
	Entre el clero y su corona
	siempre hubo en pie una amenaza;
	y el clero, Guillén, es raza
	que ni olvida ni perdona.
	Según como sople el viento
	y venga el tiempo que pasa,

o el convento hunde la casa
o ésta derriba el convento.

Mas hoy no es partido igual;
gente poderosa y mucha
son y crecen; en la lucha
nos tiene que ir hoy muy mal.

La casa hoy con gran trabajo
en sostener harto haremos,
Guillén, pues pertenecemos
a los que están hoy debajo.

Los Ulloas por egida
tienen el convento ahora;
contra el convento no es hora
de ir: es lid comprometida.

Si se cambia, que lo dudo,
para él el tiempo, veremos
si a los Ulloas podemos
sorprender sin ese escudo.

Mas no creas que es cuestión
de familias ni personas;
los principios, las coronas
los que entran en lucha son.

No va a haber arma ninguna,
por de mala ley que sea,
que empleada no se vea
sin fiar en la fortuna.

Y nosotros como el rey,
si en tal lid nos empeñamos,
es forzoso que seamos
vencidos a mala ley;

y si en un baldón eterno
para hundirnos es preciso
un milagro te lo aviso,

nos abrirán el infierno
y echarán del paraíso.
    Ves, pues, que por el momento
al convento no derriba
nuestra casa: quien arrasa
nuestra casa es el convento.

Guillén   ¿Qué hacer, pues? ¿A la venganza
renunciar?

Luis   No: mas del fuego
de ella alejar a don Diego,
que es nuestra única esperanza
    de perpetuar nuestro nombre:
el odio perpetuaremos
los dos y a Gil vengaremos,
mas sin Diego aunque te asombre.
    Que no sepa de su padre
la historia y de su madrastra;
que no halle nunca esa rastra
de espinas que le taladre
    el corazón; que no huelle
ningún hijo de él la senda
de nuestros odios y selle,
si uno hay que en valor descuelle,
el fin de nuestra leyenda
con catástrofe tremenda
que en el convento le estrelle.
    Tengo miedo al porvenir:
o el convento ha de caer
o nuestra raza ha de ir,
al convento por vencer,
en el convento a morir.

Guillén   Luis, del modo que hoy estás
jamás te he visto.

Luis   Es que hoy
viendo el porvenir estoy
como no le vi jamás.
    Hoy viste irse a esa mujer
por los frailes protegida:
¡bien ida, Guillén, bien ida!
No la deje Dios volver.
    En vez de correr tras ella
como querrá en su furor
César, borrar es mejor,
si la encontramos, su huella.
    Mas temo que César, ciego,
con el claustro en lid se empeñe
o con ella: y es un juego
que hay que atajar desde luego
antes de que nos despeñe.
    Ve, pues, a traer al doctor,
el que hoy menester nos es
para César, y después
pensaremos lo mejor.

    Como se ve por la clave
que de ella don Luis nos da,
la cuestión es ardua y grave
y espinosa cuanto cabe.
¿Cómo se resolverá?
¿Por quién y cuándo? ¡Quién sabe!
Aún en discusión está:
tal vez el tiempo la agrave:

un siglo la cortará
tal vez..., tal vez no se acabe
jamás de aclarar..., quizá
de ella Dios tiene la llave
y con un genio o un ave
un día nos la enviará.
Entretanto va sin rumbo
nuestra sociedad, cual nave
que del agua entre el balumbo
de la mar revuelta va.

De César don Luis juzgó
bien: mas tarde por demás
para atajarle acudió:
porque del carro detrás,
aunque don Luis no lo vio,
por orden de aquél quizás
Per Antúnez se salió
de la casa, y no volvió
por ella a parecer más.

XVII

Don Luis Tenorio era entonces
lo que Quevedo llamó
después un loco repúblico
y de gobierno, y lo que hoy
se llama un hombre político,
de su edad observador
y que la juzga según
la experiencia que adquirió.
De la marcha de su siglo
habiendo en observación
pasado toda su vida,
más que otros conocedor
del origen de los hechos
que habían a su nación
traído al indescriptible
desorden en que él la halló,
juzgaba del porvenir
conforme a la deducción
que de sus bien o mal hechas
observaciones sacó.
    Revuelta tierra era España:
y de tal revolución
no podía ir más que al caos
si no la salvaba Dios.
    Don Luis, que era algo filósofo
y hombre de hechos, no fió
nunca en que hiciera por locos
un milagro el Creador.
Si los grandes de Castilla,
llevados por la ambición
de riquezas y de mando,

obraban con poca pro
de la patria y despeñándola
iban a su perdición,
no había otra vez por ella
de bajar el Redentor.
Dios, que les dio buena tierra
e inteligencia les dio,
lo que hará será juzgarles
según usen de su don.
Así que don Luis, que nunca
que trastornara esperó
Dios por Castilla las leyes
que rigen la creación
y la humanidad, remedio,
si es que le había, buscó
en los gérmenes vitales
de aquella generación.
Así que al ver que Isabel
de Castilla se casó,
fugándose de la corte,
con Fernando de Aragón,
a ver para el porvenir
la influencia comenzó
que iba a tener para España
su grande unificación.
Mas viendo que solamente
podía dar a los dos
poder para realizarla
de ambos pueblos el amor,
y que para granjear este
tenían por precisión
que dar a sus elementos
un impulso superior:

dar a sus discordes pueblos
con una nueva impulsión
una idea y una gloria
nuevas, que haciendo mejor
su condición, absorbiesen
su interés y su atención
en un nuevo fin que uniese
su fe, su fuerza y su honor:
y comprendiendo que solo
podía la religión
llevar a España entusiasta
de aquellos reyes en pos,
previó que de aquella próxima
cierta regeneración
tendrían que hacer los reyes
del clero el primer motor.
Por lo que se ve, don Luis
se encontraba en condición
de juzgar su era y hubiese
hecho un buen compilador.
Se ve que don Luis miraba
su edad con ojo de halcón,
con filosófico juicio
y cálculo previsor;
mas, hombre al fin, al hacer
individualización
de sus ideas, su círculo
para sí empequeñeció,
y del partido pedrista
siendo, tuvo en su opinión
que ser por necesidad
parcial cuando en sí tocó.
Don Luis era hombre mundano:

tenía al clero rencor
porque el clero no fue amigo
del rey a quien él amó.
Don Luis tenía a los frailes
inquina grande, y mayor
a los frailes sus vecinos,
quienes, desde que pasó
a los Tenorios la casa
y por sus lazos de unión
con Ulloas y Mejías,
a los Tenorios mejor
tampoco querían; breve
en su fina apreciación
del porvenir, a los frailes
don Luis Tenorio temió,
porque un odio de familia
lo extingue una variación
de ideas o de individuos,
o el generoso valor
heroico de uno de ellos
que a los suyos de sí en pos
arrastra, por el efecto
de un generoso perdón
y de su virtud heroica
que sus almas arrastró:
los odios de estirpe ahogan
la fe, el tiempo y el honor.
Pero los odios de clase
y los de corporación
y comunidad no ceden
a influjo alguno exterior
de fe, generosidad
ni entusiasmo ni valor;

las corporaciones tienen
cuerpos, mas sin corazón,
interés sin sentimientos,
y sus odios y su amor
gérmenes de su existencia
y de su instituto son.
Don Luis sabía esto bien
en aquel tiempo, como hoy
sabemos el gigantesco
poder de la asociación.
Don Luis aun en este juicio
conservaba el superior
instinto y golpe de vista
que le caracterizó:
mas don Luis, hombre mundano
y de poca religión,
como suelen ser los hombres
que, mirando en derredor
de sí, buscan en la tierra
de sus hechos la razón,
juzgó a los hombres de iglesia
mundanamente, y erró
de las cosas eclesiásticas
al hacer apreciación
y al juzgar él, hombre lego,
a los siervos del Señor.
En la santa teología
quiso meter su razón
y corregir, sin ser teólogo,
a los ministros de Dios,
y es sabido que mal siempre
la humana razón juzgó
a los a quienes alumbra

la divina inspiración.
Y es claro que de esta lucha
de Jehovah con Astharoth,
de la luz con las tinieblas,
de la fe con la razón,
la razón humana siempre
fue vencida y sucumbió
como quien lidia con armas
malas por causa peor.
Lo mismo siempre sucede,
sucederá y sucedió
al que ve las cosas santas
por el prisma del error.

Mas ¡qué diablos!.. este libro
es leyenda y no sermón,
es un cuento y no discurso
de diputado hablador
que hace, aspirando a ministro,
al gobierno oposición:
y el autor que solo el título
de poeta ambicionó,
la corta porque no quiere
ni aun en esta digresión
mostrar pujos de político
ni humos de predicador.

  Diez días después de ida,
don César su habitación
ponía en los aposentos
que su cuñada ocupó.
Estorbárselo intentaron
sus hermanos y el doctor

con juiciosas reflexiones
que don César no escuchó.
Dijo que él de los Tenorios
era el jefe y el mayor
ya, y que era derecho suyo
semejante instalación:
pues cuando tal fue la expresa
voluntad del fundador
de su casa, era evidente
que por algo la expresó.
En fin, por no ocasionarle
un acceso de furor
y respetando la extraña
póstuma disposición
del copero de don Pedro,
sometiéronse los dos
hermanos a lo que no era
al fin una sinrazón.
Lo que al médico inspiraba
y a sus hermanos temor
en tal mudanza, era solo
el creer que su mansión
en las cámaras que un tiempo
la fugitiva habitó,
usando sus mismos muebles,
percibiendo aún el olor
de los perfumes que usaba
y de los cuales quedó
impregnado el aposento
en donde hacía labor,
y la alcoba en que dormía
y el espléndido salón

do solía recibirle
y el alegre comedor
ornado aún con su vajilla,
lleno aún con profusión
de flores y candelabros
su labrado aparador,
y en fin la vista perpetua
de aquel funesto balcón
por donde el ramo agresivo
de un Ulloa recibió,
no hicieran en su cerebro
una funesta impresión
y una influencia maléfica
que hiciera su mal peor.
Porque no cabía duda:
había en el corazón
de don César un misterio,
un gusano roedor,
un secreto mal velado,
una incendiaria pasión,
un volcán, en fin, de inmensos
odios o de inmenso amor.
Mas con asombro de todos
don César tranquilo entró
y se aposentó en sus cámaras,
la más mínima emoción
sin dejar ver en su faz
ni apercibir en la voz,
y de ella y de lo pasado
sin volver a hacer mención.
Tranquilizóles tal calma
y a la par les inquietó,
porque don César no era hombre

de cambiar de condición
ni de renunciar tranquilo
a una venganza que ansió
siempre, de amor o de odio
sin una oculta intención.
Comoquier fuese, don César
desde que Beatriz partió
pareció un poseso libre
de diabólica obsesión,
como un loco a quien un filtro
largo tiempo trastornó,
cuya influencia cortárase
de algún remedio a favor.
De cualquier modo, don César
en su nueva habitación
por algo que nadie alcanza
hombre nuevo se tornó.
Y en verdad que si el estar
bien alojado es razón
de mejorar de salud
y de estar de buen humor,
no era extraño que a don César
le pluguiera la mansión
de aquellas nobles estancias
que Don Pedro aderezó
con un gusto tan artístico
y lujosa ostentación
y en las cuales invitamos
a penetrar al lector,
aunque le parezca plano
que un arquitecto trazó,
o de gula de viajeros
minuciosa descripción.

Mas tal es de las leyendas
el privilegio: su autor
va por donde se le antoja,
que vaya bien o que no.
Poema de nuestro siglo
destartalado, invención
romántica de moderno
cuño, aun no le reselló
con reglas un Aristóteles
de academia; que, doctor
en ciencia ajena, de suyo
nada supo ni inventó.

De los Tenorios la casa
solar su real donador
con torres por sus cuatro ángulos
macizas apilaró:
las cuales dando por dentro
al edificio vigor,
le dan además por fuera
bizarra decoración.
Ocupando la mitad
de su fachada exterior
que da a la plaza, y cogiendo
toda entera la extensión
de su ala izquierda, del área
total de su cuadro dio
la mitad a esta vivienda
puesta en el piso de honor.
Siendo árabes bizantinos
su estilo y su construcción,
tiene todas las bellezas

y defectos de los dos;
fábrica por demás sólida,
muros de grande espesor,
labores, alicatados
y tallas con profusión:
comodidad no muy grande,
pero amplitud... sin temor
de mentir puede un torneo
darse en cada habitación.
La de que tratamos, la
que Beatriz abandonó,
de uno de los cuatro ángulos
apoyada en el torreón,
abierta por dentro al patio
del homenaje o de honor
por una ancha galería
que Don Pedro avidrieró,
consta de una amplia antesala
do se abre a un primer salón
de espera, estucado de árabe
comarágica labor:
y sabido es que Don Pedro
a los moros empleó
en labrarle sus alcázares:
en Sevilla aún se ven hoy.
Paso este salón de espera
abre por un corredor
a la cámara del baño,
que es de pórfiro un tazón.
Luego hay una sala de armas,
arsenal proveedor
de todas las que aquel tiempo
de Fierabrases forjó.

Al fin, con tres grandes luces
sobre un jardín posterior,
está el comedor, servido
por un torno que, impulsión
dando a un contrapeso, trae
desde el oficio inferior
los manjares; con lo cual
no hay paje que en ocasión
de escondido huésped, cita
o antojo de su señor,
sepa quién come con él
ni oiga su conversación.
De rica vajilla henchido,
un inmenso aparador
da frente a una chimenea
en cuyo hogar se quemó
alguna vez medio roble,
y cuya ornamentación
es curiosidad artístico
de imponderable valor.
Sus dos morillos de bronce
son la representación
de dos galgos que tendidos
esperan a su señor,
y aunque esto es lujo excusado
donde la fría estación
es primavera en el Norte,
es adorno de rigor
en las mansiones feudales,
donde las veladas son
en familia y hechas siempre
del hogar en derredor.
Mas útiles en Sevilla,

doña Beatriz dejó
colgados en los remates
del tallado aparador
dos abanicos de sándalo
de la asiática región
con los cuales dos esclavas
la daban aire y olor.
Del salón de espera se entra
por un dorado portón
a otro cuya alta techumbre
casetonada es de boj
incrustado en cedro y ébano,
de plata con clavazón;
vístele cuero de Córdoba
que allá guadameciló
el arte moro, y la alfombra
blando tapiz de Lahor,
ofrenda que el rey Bermejo
con la cabeza pagó.
Desde este salón se pasa
al en que se abre el balcón
en donde el ramo de Ulloa
doña Beatriz recibió.
Allí estaban sus labores
y el laúd a cuyo son
vibraba el aire aromado
por su aliento, con su voz.
Allí estaban, ya no están;
consigo se los llevó;
hoy no hay ya más que los muebles
donde formaron montón.
Casa de que mujer bella
se fugó, dice un doctor

persa que es jaula vacía
de la que el pájaro huyó;
y tras ave y mujer queda
el vacío; y la impresión
de la vista del vacío
da frío en el corazón.
En esta cámara está
la alcoba en que ella durmió,
cerrada con dos vidrieras
de quien las ve admiración.
Son de ese extraño mosaico
de cristales de color,
hecho con miles de piezas
de prolija trabazón.
Como alas de mariposa
pintadas y con primor
ensambladas, como en hilos
de telarañas, aún son
timbres de artistas vidrieros
que son artesanos hoy:
artistas que hizo la antigua
masónica asociación
que fue la que esas católicas
catedrales fabricó
que al alma infunden poética
y religiosa emoción.
La alcoba era un camarín
que el rey Don Pedro mandó
labrar tal vez con intento
de hacerle nido de amor;
mas su delicioso asilo
tal vez nunca cobijó
más que sueños negros, hijos

de alguna mala pasión.
De este salón hay abierto
en el muro posterior
un postigo que festona
una aljamiada inscripción
en cúficos caracteres;
pero en idioma español
dice que aquella es la puerta
del cuarto que reservó
para sí el rey que a su súbdito
tan espléndida mansión
el año de mil trescientos
cuarenta y seis regaló.
Daba entrada a un gabinete
el cual me pesa al lector
no abrir... porque de su llave
don César se apoderó
desde el día que se puso
de su cuarto en posesión
y hay que esperar a que él le abra
el día que esté de humor.
 Tal era la hereditaria
y casi regia mansión
en que don César, ya jefe
de su casa, se instaló.
Siempre con su idea fija
y de ella con aprensión
sin duda, aunque de ella nadie
por entendido se dio,
dos fieles criados puso
de su alcoba en rededor;
uno de aquel gabinete
al umbral, y en el salón

inmediato otro, aunque quien
tal medida aconsejó
e insistió en que se observara
semejante precaución,
fue el médico, que temía,
de su mal conocedor,
algún acceso nocturno
de febril exaltación.
Don César no estaba aún sano:
aún le molesta una tos
nerviosa que le amenaza
con una sofocación,
y aún en postura supina
respira, aunque sin dolor,
mal, sintiendo el mal servicio
de la tráquea y el pulmón.
Cada día, a pesar de esto,
iba de bien a mejor
y ya no tomaba más
que una calmante poción
que al dormir y al despertar
el doctor le recetó,
y que a ojos vistas le daba
tranquilidad y vigor.
Ya salía sin apoyo
de brazo ajeno, aunque en pos
llevando un criado fiel
por prudente precaución.
    Y así pasó una semana
y así noviembre pasó
y nadie de lo pasado
volvió ante él a hacer mención;
ni él a doña Beatriz

ni a Per Antúnez mentó,
y olvidado todo ya
parecía en conclusión.

A mediados de diciembre,
el trece al ponerse el Sol,
con su esclavina, sus conchas,
su calabaza y bordón,
ver con instancia a don César
pidiendo se presentó
un peregrino vulgar
del palacio en el portón.
Volvía de su paseo
aquél, y en cuanto le habló
con él se metió en sus cámaras.
Estaban ojo avizor
sus hermanos para asirle
cuando se fuese; mas no
lograron su intento, pues
César en conversación
volvió con el peregrino
a salir, y enderezó
con él hacia el río, donde
vogando a una embarcación
que zarpaba para Cádiz,
de ella a bordo le dejó
sin dar ni de su venida
ni de su ida explicación.

Pero hubo otra inexplicable
circunstancia, y fue que en pos
de sí traía don César,
cuando a su casa volvió

al anochecer, un mozo
cargado con un cajón
que parecía pesado,
y que en su cuarto metió.
Que hiciera compras don César
no era cosa que en rigor
pudiera causar asombro;
mas lo que sí lo causó
fue que desde aquella noche
echó de su habitación
a sus criados, y en ella
como Beatriz se encerró.
Pero antes que la sorpresa
que tal determinación
causó a todos, a don Luis
asombró un hecho anterior,
pues no fue aquel todavía
el más extraño, sino
el de que don Luis echando
tras del mozo del cajón,
lo que en el cajón había
traído le preguntó,
y él dijo sencillamente
sin miedo o vacilación:

«Útiles de carpintero
y de herrero. —¡Vive Dios!,
dijo don Luis, que si a burlas
te atreves, villano... —Yo
respondo a vuestra pregunta
como Dios manda, señor.
Mi padre comercia en fierro
y herramientas; y el cajón

contiene sierra, martillo,
lima, destornillador,
tenazas, cepillo, pinzas,
cortafrío, hacha, formón;
todo doble y del tamaño
que ha pedido el comprador.»
   Don Luis quedó estupefacto
al oír tal relación,
y el mancebo, aprovechándose
de su asombro, se marchó
sin comprender de aquel hombre
la ira ni el estupor.

   Don César, en cuanto a solas
en su cuarto se quedó,
como con prisa y urgencia,
mas sin precipitación,
del rey Don Pedro al postigo
(sin atender al primor
de su rica entalladura)
hoja y quicio barrenó.
Atornilló en los taladros
de cada uno de los dos
cuatro armellas cuyos ojos
uno sobre otro ajustó;
metió en ellas de un candado
de mástil el espigón;
encajó en él la manija;
dio vuelta a su pasador
con la llave; de lo sólido
de lo hecho se aseguró;
y quedando satisfecho
de la tal operación,

dijo, de su idea fija
sin ceder: «Esto es mejor;
de nadie así necesito;
a nadie parte así doy
del secreto; madriguera
de dos bocas, si el hurón
por la otra entra, que no husmee
por la que he cogido yo.»
Desnudóse; bebió un vaso
de su calmante poción,
y guardándose en el pecho
su secreto, se durmió.

XVIII

El secreto de don César
era una carta traída
por el peregrino: entonces
aún la posta no existía.
Las cartas de entonces eran,
puesto que tampoco había
entrado el papel en uso,
de pergamino una tira
que se enrollaba y se ataba
con un cordón o una cinta
cuyos cabos con un sello
o con muchos se cogían.
Algunas veces las cartas
en que iban secretos, iban
ocultas en canuteros
de diminutas medidas,
que esconder e introducir
fácilmente se podían
en objetos necesarios
y por estrechas rendijas.
El peregrino trajo ésta
de una manera sencilla
entre el regatón y el asta
de su bordón escondida.
    Y aquí, aunque para los cultos
no hay necesidad maldita
de dar de tal portacartas
explicación más explícita,
como hay aún gente cándida
que ignora ciertas cosillas
que no menciona la historia

por gentes de iglesia escrita,
voy yo a decirla unas pocas
palabras explicativas
sobre peregrinaciones,
romeros y romerías.

Lo mismo entonces que ahora,
desde la primer basílica
de Roma hasta la más pobre
ermiteja de Castilla,
o rentas o donaciones
de ánimas caritativas
para hacer y sostener
su fábrica necesitan.
Todo por santo que sea
lo que en la tierra edifica
el hombre, es obra de tierra
y se hunde si no la cuida.
Conque no habiendo hecho Dios
el milagro todavía
de dar ni al de Salomón
un ser con que por sí exista,
a templo alguno en el mundo,
hay necesidad precisa
de acudir a mantenerlos
como cuanto se fabrica.
Así que, como hoy entonces,
mas sobre todo en la antigua
edad de la propaganda
católica primitiva,
donde no daban millones
los reyes, o no morían
millonarios que los dieran

al morir para erigirlas,
para alzarse y sostenerse
desde la primer basílica
romana hasta la más pobre
ermiteja de Castilla,
empleando humanos medios
y recurriendo a medidas
y arbitrios, si no mundanos,
propios del mundo, solícitas
se procuraban, compraban,
labraban o descubrían
antiguas y legendarias
imágenes o reliquias.
Al fin siempre hacían éstas
un milagro o maravilla,
y las almas que en su fe
candorosa de Dios fían
en que las dé lo que haber
les mandó Dios por sí mismas,
al rumor de estos portentos
de las imágenes, iban
a ver si de sus milagros
eran las favorecidas.
Los Obispos de sus diócesis,
los Papas desde su silla,
a las reliquias e imágenes
indulgencias concedían,
instituyéndose fiestas,
jubileos, romerías
y épocas para ganarlas,
y a ganarlas acudían
desde lejanas comarcas
de peregrinos cuadrillas.

Y ¡cuenta! que en lo que llevo
dicho hasta aquí no hay de crítica
ni la intención más remota;
antes creo que existían
razones para dar vuelo
a estas piadosas hégiras
naturales, necesarias,
apremiantes y legítimas;
porque la España de entonces
sola con su fe impedía
lidiando que no invadiese
a Europa la grey muslímica;
y todo cuanto a inflamar
esta fe contribuía,
bien merecía pasarse
sin ponerle cortapisas.
Pero en las fiestas sagradas
de estas peregrinerías
se metió el diablo, que en todo
mete la pata y lo vicia,
metiendo a los mercaderes
por fuerza de la partida,
y es claro que la fe acaba
do empieza la granjería.
Que fueran por devoción
o por falsa hipocresía
o por lucro comercial
o por pasarse la vida
alegremente, del aire
mantenerse no podían
los peregrinos devotos
de estas fiestas peregrinas.
La fiesta paraba en feria,

y aparte la santa misa
y la procesión, el resto
más tenía aire de orgía.
Instalábanse en el campo
de la fiesta las cocinas
al aire libre, los puestos
de hojuelas y de rosquillas,
de panecillos y pastas,
fiambres y golosinas
más o menos necesarias,
más o menos nutritivas,
más o menos indigestas,
más o menos exquisitas,
más o menos exigentes,
con el jugo de las viñas,
perseguidor de las penas
y padre de la alegría.
A sombra de este comercio,
necesidad de la vida,
vileza ruin inherente
a nuestra humanidad mísera;
a sombra de aquellos puestos
de aloque y de golosinas,
se instalaban los del santo
o de la santa bendita
con su imagen hecha en barro
o encerrada en capillitas
o presentando sus hechos
en aleluyas ridículas
metidas entre cacharros,
silbatos y campanillas
para ahuyentar al demonio
que se hace el sordo al oírlas,

y de otras mil olvidadas
piadosas baratijas
más o menos ortodoxas,
más o menos prohibidas
más tarde por los concilios
y las bulas pontificias.
Mas como gasto y limosnas
los peregrinos hacían,
y al santuario donaciones
y almas ofrendas votivas,
entre la fe y la farándula,
la devoción y la chispa,
la procesión y las danzas,
el rosario y las palizas,
se hacía el lugar famoso
y el pueblucho y la capilla
paraban en ciudad franca
y en catedral suntuosísima.
Los peregrinos de entonces,
que andaban a pie y sufrían
o vagos o penitentes
desventuras positivas,
gozaban de ese respeto
que naturalmente inspiran
la fe y las personas santas,
las que a penitencias rígidas
se condenan y las que
a obras santas se dedican.
Los verdaderos devotos
que de buena fe creían,
propalaban por el mundo
en leyendas aprendidas
de memoria, y en cantares,

de aquellas milagrosísimas
imágenes los portentos
hechos de otros a la vista;
y de aquella edad creyente
las poblaciones sencillas
les guardaban sus inmunes
fueros y prerrogativas.
De aquí fue que a peregrinos,
más que con fe con malicia,
se echaron muchos que al diablo
en nombre de Dios servían.
Y en aquella edad revuelta
de contiendas intestinas
y de guerras religiosas,
de peregrinos vestían,
como los arrepentidos
penitentes y eremitas,
los mensajeros, los prófugos,
los amantes, los espías
y cuantos necesitaban
ocultarse o mudar clima
por huir de una venganza
o burlar a la justicia.
Los peregrinos estaban
de la fe bajo la egida
y su bordón y sus conchas
les dejaban expeditas
las vías y daban de éxito
a sus planes garantías.
Conque de los peregrinos
muchas gentes se valían,
de buena o de mala fe,
para dar o haber noticias

y para traer y llevar
de unas a otras provincias
señas, dineros, avisos
y documentos y epístolas.
A más de que ciertas armas
les estaban permitidas
por defensa en despoblado,
como un estoque en la espiga
del bordón o un chuzo al cuento,
que en lanza se convertía.
En suma, como hoy entonces
paso en el mundo se abrían
muchos Janos de dos caras,
sociales hermafroditas
que profesando una fe
y una religión anfibias,
eran plaga al mismo tiempo
de ferias y sacristías.
   Por lo ampliamente explicado
en las precedentes líneas,
en digresión tan excéntrica
como útil hoy y verídica,
es por lo que un peregrino
fue el portador de una epístola
a don César, quien leyéndola
se dio a la cerrajería.
Como él sin dar cuenta a nadie
de qué trae ni quién la firma
se acostó y bajo la almohada
la guardó mientras dormía,
no ha sido al autor posible
sustraérsela ni abrírsela
de los lectores curiosos

para ponerla a la vista.
Mas ahora que el alba nueva
da otra vez luz a Sevilla,
que se despierta y madruga
don César al percibirla,
se viste y vuelve su carta

a leer, y en interrumpida
lectura sobre el secreto
que encierra a solas medita,
podemos por sobre su hombro
mirarla, ver que la firma
Per Antúnez, y en fin leer
la carta que así decía:

Por la Pista del carro cogí la de la dama y sus caballeros, y tras ellos di en Córdoba, donde ella asistió a los funerales de su padre, envuelta en el mismo velo con que asistió a los de don Gil.

Vuestras sospechas, señor don César, eran fundadas. La dueña era la mismísima nodriza de doña Beatriz, y su mayordomo el propio marido de aquella: ella portera y él sacristán, mandadero y correveidile de unas monjitas del arrabal de aquella ciudad. El 17 de diciembre, en la penúltima cámara de sus aposentos, dio a luz doña Beatriz dos gemelos, los cuales recogió un enmascarado que entraba todas las noches por el último camarín.

Con el secreto de este cuarto podéis vos dar, puesto que no habiendo doña Beatriz permitido la entrada en él ni a la dueña ni al mayordomo, no he podido yo arrancarles ni con la piel más que lo que del secreto de su señora sabían: y no creáis que haya sido tan aínas, porque a consecuencia de ello me encuentro imposibilitado de moverme de donde estoy, valiéndome de Antón Miera, que será el dador, y de quien podéis fiaros por ser hijo de Juan Miera, primo materno de Juan Diente el macero del rey Don Pedro: el cual Antón Miera, herrador hoy en el arrabal y vecino de las monjitas, sabiendo que mi empresa era servicio de los Tenorios, me ha servido en ella de grande auxilio para llevar a cabo vuestro encargo, que nada sabe de vuestro secreto, como os contaré cuando Dios permita que nos volvamos a ver.

Pagadle bien y detenedle poco, pues solo en él fía para salir del atolladero en que por voluntad propia y servicio vuestro, sin arrepentirse de lo hecho, está vuestro fiel criado.

Per Antúnez

Tal era de Per Antúnez
la carta: conque don César
comenzó sus precauciones
a tomar en consecuencia.
Desde que al caer la noche
entró en su cuarto de vuelta,
después de dejar a bordo
al que portador fue de ella,
lo primero que hizo fue
asegurar bien la puerta
del cuarto por do el incógnito
entraba según sus nuevas;
no fuese que, como entraba
de la adúltera belleza
por amor, a entrar por odio
de su cuñado volviera.
Después se acostó tranquilo,
como hemos visto; mas no era
fácil conciliar el sueño
con el afán que le inquieta.

Don César en este intervalo
inapreciable que media
entre el sueño y la vigilia,
y en el cual se nos presentan
en la mente y por el cuadro
de nuestra memoria ruedan
y se confunden errantes
e ilógicas las ideas,
recordó todas las vagas
circunstancias que sospechas
le inspiraron; con sus átomos
fugaces recogió prendas,
y a fuerza de dar al caso
en su fantasía vueltas,
determinó, hombre de práctica,
su situación verdadera.
Pensó que una vez lograda
de los Tenorios la afrenta,
la salvación de la adúltera
y de las nacidas pruebas,
y después de haber partido
Beatriz, en toda regla
rompiendo todos los lazos
que a ellos unirla pudieran,
no era probable que nadie
diera a Sevilla la vuelta
por darle una muerte inútil
perdiendo una dicha cierta.
Mas como de su venganza
la desconocida senda
comprende que en el secreto
de aquel camarín empieza,
se entregó al sueño afirmándose

en la decisión resuelta
de dar, cueste lo que cueste,
tras él en cuanto amanezca.
Y allá en los momentos últimos
de la fluctuación incierta
de entre el sueño y la vigilia,
se le acordó la leyenda
de los viejos, que contaban
que en aquella casa, hecha
por el rey Don Pedro, nunca
se le vio entrar por sus puertas
ni salir; aunque mil veces
se le vio estar dentro de ella,
o asomado a sus balcones
o a través de sus vidrieras.
De modo que concibiendo
en su casa la existencia
de un secreto poseído
por casualidad adversa
por otros que los Tenorios,
tanto más que pertenencia
fue de los Ulloas antes
de que Don Pedro la hubiera,
entre los vagos fantasmas
de tal tradición, don César
se hundió en las sombras del sueño
que espesó sobre él sus nieblas.

XIX

A la mañana siguiente
volviendo a leer las letras
de Per Antúnez, y el Sol
rayando en el cielo apenas,
entró en aquel camarín
y empezó con circunspecta
y escrupulosa atención
a examinarle de cerca.
Era ni grande ni chica,
pero un tercio más pequeña
que todas las otras cámaras
de la amplia casa, una pieza
que formaban por dos lados
las dos paredes maestras
de uno de los cuatro ángulos
que apilara por de fuera
uno de los torreones
con que a la fábrica vieja
dio solidez y elegancia
la restauración moderna.
Dos rosetones arábigos
que las paredes espesas
taladrando, al par la sirven
de atalayas y lumbreras,
la dan una luz constante,
pues estando ambas abiertas
a Oriente y a Mediodía,
el Sol se la da perpetua.
La pieza está circuida
por un friso de madera,
ejemplar primorosísimo

de morisca ataracea.
Mil polígonos istriados,
mil laberínticas grecas,
mil cúficas inscripciones
con precisión geométrica
encajadas, embutidas,
incrustadas e interpuestas
sobre un fondo de hojarasca,
cordones, lazos y trenzas
de trabajo microscópico
de sutil delicadeza,
desvanecen y extravían
examinar al quererlas.
Imposible hallar la unión
de sus infinitas piezas
ni seguir las líneas múltiples
de su estructura quimérica.
Don César se quedó absorto
como si por vez primera
viese lo que visto había
desde su niñez más tierna:
y era que nunca hasta entonces
en la estancia que contempla
creyó tener que buscar
lo que ahora busca y no encuentra.
Tanteó de la ensambladura
los tableros por doquiera,
tentó todas las labores,
golpeó donde creyó hueca
su superficie; mas sólida
la halló doquier y sin señas
de encaje o cierre, de móvil
montadura o falsa puerta.

Del ángulo en medio abría
su boca hollinosa y negra,
hecha de jaspe y de mármol,
una enorme chimenea
que, a decir verdad, juraba
con cuarto cuyas modestas
dimensiones no exigían
hogar de tamaña hoguera.
Don César contempló atento
su honda boca, fría y negra,
y su fondo: contemplándola
le fue infundiendo sospechas.
Suspicaz a inspeccionarla
se acercó, como se acerca
a husmear si hay algo vivo
una zorra a una caverna,
y examinó las junturas
de su herraje y de sus piedras,
de su puñal con la punta
sondándolas con paciencia.
Laminadas sus tres caras
de bronce porque no prenda
en ellas el fuego, empótranse
en las dos paredes gruesas.
Del piso y hogar las planchas
barreadas con cabeceras
de atornillados barrotes,
su inmovilidad demuestran.
Conque don César al cabo
de andar mucho tiempo a tientas
con cuanto de cantería,
hierro, mármol y madera
topó en el cuarto, fijóse

resueltamente en la idea
de que la mácula tiene
la ensambladura encubierta.
Resolvió, pues, desmontarla,
y si no puede, romperla,
para lo cual echó mano
de la comprada herramienta.
Preparó escoplo, martillo,
tenazas y palanqueta,
y a tantear empezó cómo,
con qué y por dónde la entra;
mas, aunque alto sentimiento
artístico no alimenta,
y aunque su seguridad
y su venganza le apremian,
antes de hacer en astillas
saltar una obra tan bella,
vuelve a tantear, vacilando,
sus marcos y sus traviesas,
tentando todas las tallas
y virolas que se elevan,
por si alguna movediza
o gira o se afloja o rueda.
Y no le pesó haber cauto
fiado a la inteligencia
y a la maña, de su intento
el éxito, y no a la fuerza;
porque tanteando en un marco
un medio agallón que encierra
un rosetón de los cuatro
que sus ángulos ostentan,
sintió que era simplemente
de un tornillo la cabeza

cuyo espigón encontraba
en el rosetón su tuerca.
Sacó tras de aquél los cuatro
que aquel tablero sujetan,
y sacudiéndole de alto
abajo, a izquierda y derecha,
desmontólo fácilmente;
pero bajo él con sorpresa
encontró una doble tabla
sólida, inmoble y entera.
Semejante resultado
sus esperanzas no esfuerza;
pero no es don César hombre
que por tan poco las pierda.
Resuelto a no desistir
el muro hasta que no vea,
siguió desmontando el friso
con mal sufrida impaciencia.
Desternilló seis tableros,
y en las tablas en que asientan
golpeando, detrás de algunas
sintió el vacío que suena;
mas no hallando de juntura
ni de ensambladura muestras,
buscó en el marco do encajan
el secreto de moverlas.
A fuerza de registrar,
de un marco dio en la haz interna
con un puntero embutido
de una ranura en la muesca.
Suponiéndole instrumento
colocado a ciencia cierta
para algo allí, y por lo tanto

de utilidad manifiesta;
buscando cómo servirse
puede de él, empezó a tientas
a buscar ojo o taladro
cuyas medidas le venían.
No hallando en fin más encaje
que el de las vacías hembras
de los tornillos, metióle
al azar en una de ellas.
Las de abajo resistieron;
pero en las de arriba apenas
forzó el puntero, una tabla
se corrió a un lado una tercia.
Corrióla del todo y vio
que encubría una alacena
que cerraba un mecanismo
de números y de letras.
Era un chapetón formado
por doce anillas concéntricas
y giratorias, cada una
de las cuales a simétricas
distancias, mas sin que formen
ni cantidad ni leyenda,
contiene letras y, números
que bien comprendió don César
que al juntarse exactamente
en combinación secreta,
al que las junte abrirán
las cerradas portañuelas.
Con que concentrando terco
de sentidos y potencias
las facultades e instintos
de la voluntad, a vueltas

comenzó con las rodajas,
los números y las letras,
absorbiendo su alma toda
en tan paciente tarea.
Dos veces, pálido de ansia
y de afán las manos trémulas,
asió el hacha para ayuda
de la torpe inteligencia,
y otras dos volvió a soltarla
y otras dos volvió a emprenderla
con las letras y las cifras,
picado de no entenderlas.
Al fin una vez los números
puestos en segunda hilera,
igual a la del postigo,
compusieron una fecha.
La fecha le recordó
un nombre, a formarle priesa
se dio, y resultó DON PEDRO
y........................1350.
   Conque a tal combinación
las cerraduras abiertas,
cedieron todas las puertas
a la primera presión.

XX

Don César que, con porfía
que nada hay que ataje o venza,
buscaba de su vergüenza
y su venganza la vía,
    de hierro allí en fuertes cajas
y en sendos sacos de cuero
encontró mucho dinero
y muy valiosas alhajas.
    Comprendido el mecanismo
del secreto entablerado,
hasta el último cuadrado
desmontó y halló lo mismo.
    No fue el rey Don Pedro avaro;
mas tuvo que ahuchar dinero,
porque a un rey tan caballero
le costó el vivir muy caro.
    Morisma, clero y nobleza
contra él por tan varios modos
fueron, que hubo contra todos
menester brío y riqueza.
    El brío con él nació:
y la riqueza en sus raros
y arduos casos, sin reparos
la hubo donde la encontró.
    ¿Fue ésta allí depositada
propiedad suya por él?
¿La hizo su muerte en Montiel
quedar donde está olvidada?
¿Fue regalada o legada
a su buen copero fiel?
Ni en tradición ni en papel

consta: nadie sabe nada.

Ante su tesoro inmenso,
que ni su ambición complace
ni sus dudas satisface,
quedó don César suspenso;

pues del cuarto es cosa cierta
que en el friso que sepulta
tesoro tal, no se oculta
pasadizo, trampa o puerta.

Don César que oro no busca
ni riquezas necesita,
cuya avaricia no excita
aquella fortuna brusca,

y que aferrado a una idea
va tenaz sobre otra pista,
del oro apartó la vista
y... volvió a la chimenea.

Mas buscó en vano si existe
de los Ulloas el paso
en ella: si existe acaso
allí, a la inspección resiste.

Conque al fin, con más premura
por la adquirida destreza,
volvió a armar pieza por pieza
la arabesca ensambladura,

y mientras la reponía
tenaz tornillo a tornillo,
este discurso sencillo
fijo en su idea se hacía:

«Que proviene este tesoro
de Don Pedro es evidente,
y no hay Ulloa viviente
que haya husmeado aquí tanto oro.

»Déjole, pues, donde está,
pues estuvo aquí seguro;
mas por si un día en apuro
se ve un Tenorio quizá,
　》yo dejaré a mi heredero
de tal secreto la clave,

y pues cuál fue no se sabe
de Don Pedro el justiciero
la voluntad, culpa grave
no será que un venidero
Tenorio haya su dinero
si en la conciencia le cabe.»
　Y después de concluir
su tarea, de hito en hito
contemplándola al partir
por si en ella a apercibir
llega falta o requisito,
tornando al plan favorito
dijo del cuarto al salir:
«¿Pero aquel hombre maldito
por dónde pudo venir?»

　Y sobre el caso discurre
y dar en el quid espera,
y aunque no se desespera,
de esperar tanto se aburre.
　Y de los nuevos cerrojos
puestos al áureo postigo
duerme seguro al abrigo
soñando con trampantojos.
　Y bebe de su tisana,
a cuya acción bienhechora

duerme en paz, y que mejora
percibe cada mañana.

   Mas siempre fijo en su idea
pasaba uno y otro día
en trazar cómo podría
desmontar la chimenea.

   Tan solo le detenía
pensar que, aunque terco y bravo,
él solo llevar a cabo
trabajo tal no podría:

   y aunque al fin lo consiguiera
con trabajo sobrehumano,
debía al cabo su hermano
sentir el ruido que hiciera.

   Conque era preciso dar
con un medio tan secreto
como lo exige el objeto
que él solo debe lograr;

   mas como él solo sin duda
no es bastante a tal empresa,
y como al par le interesa
no pedir de nadie ayuda,

   secreto y dificultad
colocan en conclusión
de su plan la ejecución
en la imposibilidad.

XXI

Un día al anochecer,
al pasar ante la puerta
de una iglesia, notó alerta
de su paso una mujer.

No que por costumbre fuera
dado a tales aventuras,
ni de quién es conjeturas
que realizar le ocurriera;

no porque su aire gentil
su simpatía excitara,
ni porque hubiera su cara
visto a través del monjil;

sino porque al parecer
con él al verle pasar
quiere su atención llamar
por algo aquella mujer.

Lo por qué su encuentro anhela
tiene tal vez buena excusa:
por dama su aire la acusa
que liviandad no revela:

conque por si en ardua cuita
puesta o falso derrotero
tal dama, de un caballero
el amparo necesita,

acercóse atento a ella;
pero del templo amparándose,
ella le invitó tornándose
a entrar en él tras su huella,

Él siempre en la persuasión
de que la seguridad
de la dama en realidad

era el móvil de su acción,
　siguióla a la iglesia oscura
de cuyo ámbito a la entrada
sintió que la enmonjilada,
poniéndole con premura
　en las manos un papel,
del templo en la sombra espesa
se sumió: tal vez con priesa
de huir y librarse de él.
　Don César, no buen creyente,
mas opuesto a hacer del templo
un lugar de mal ejemplo,
viendo éste sin luz ni gente,
　tras de la desconocida
picado echó en la penumbra
de sus naves que no alumbra
lámpara alguna encendida.
　Ojo avizor las cruzó
del atrio a la sacristía;
mas de ella cuando salía
solo al sacristán topó.
　Arriesgóse a preguntalle
por la dama; mas severo
respondió aquél: «Caballero,
por tres puertas que a su calle
　»distinta y opuesta dan
pudo esa dama salir:
por ellas, pues, podéis ir
tras ella: abiertas están.»
　Y sacudiendo sus llaves
el sacristán ofendido,
dejó a don César corrido
en las tenebrosas naves,

oyéndole rezungar
contra los malos cristianos
que negocios tan profanos
van a la iglesia a entablar.
   De su aventura confuso
y curioso del papel,
salió y del atrio al cancel
a leerle se dispuso;
   mas era ya tan escasa
la luz, que sin descifrarle
volvió otra vez a plegarle
y dio la vuelta a su casa.
   Y a la luz de una bujía,
acodándose a su mesa,
he aquí lo que con sorpresa
ya en su aposento leía:

Mucho me temo, señor don César, que cuando vuesa merced
recibá la presente, haya dado ya cuenta a Dios Per Antúnez
de lo que ha tenido que hacer para poderos comunicar el
misterio de vuestro camarín. El enmascarado entraba por
la chimenea, el resorte de cuyo secreto está en sus morillos
de bronce que están registrados en invisible ranura, en la
cual tienen casi imperceptible movimiento. Forzándolos a
un tiempo por la presión, primero hacia abajo y después hacia el fondo, desnivelan un peso que haciendo girar la pared
izquierda del horno de la chimenea, franquea un paso y una
escalera en lo macizo del grueso muro. Forzadlos y entraos
con la luz por el subterráneo; pero no lo hagáis hasta bien
entrada la noche, pues tiene salida, como veréis, a paraje
habitado por gente que jamás fue amiga de los Tenorios.
Cuando volváis a vuestro aposento sabréis más de lo que
habéis menester.

La presente escribo bajo la palabra de Per Antúnez, quien mucho me temo, señor don César, que cuando vuesa merced la reciba, haya dado ya cuenta a Dios de lo que ha tenido que hacer para poderos comunicar en ella el secreto de vuestro camarín.

El enmascarado entraba por la chimenea, el resorte de cuyo secreto está en sus morillos de bronce registrados en invisible ranura en la cual tienen casi imperceptible movimiento. Forzándolos a la par, primero hacia abajo y después hacia el fondo, desnivelan un peso que desencajando la pared izquierda del horno de la chimenea, deja franco un paso a una escalera. Por ella puede vuesa merced bajar al subterráneo, a cuyo comienzo y casi al pie de la escalera hay una puerta de encina bardada de hierro: no haga vuesa merced caso de ella: barreada y condenada desde el tiempo del rey Don Pedro, es la que le daba paso al alcázar y a la torre del Oro. El tránsito hoy abierto y que ha servido a doña Beatriz y que a vuesa merced interesa registrar es el que sigue recto, pero no lo haga vuesa merced hasta que no sea noche cerrada, porque teniendo salida adonde verá, puede antes de las ánimas ver o ser visto por gentes que nunca fueron amigas de los Tenorios.

Mi parecer y lo que os aconsejo es que, después de que lo veáis, cerréis a macizo el paso del muro, ceguéis la escalera y argaméis en firme la chimenea, único modo de dejar seguro de intrusos y libre de duendes vuestro solar.

Una mujer os entregará esta carta como, cuando y donde mejor pudiere: ni la sigáis ni la interroguéis, porque probablemente arriesgará su vida por entregárosla, y pluguiérame que vuesa merced tuviera presente que, a causa de la parte que ha tomado en vuestros asuntos, no queda tampoco muy segura la de vuestro humilde servidor que os besa las manos
Juan Miera

Don César leyendo tal,
sobrecogido y suspenso,
quedó entre un placer inmenso
y una zozobra mortal.

Del secreto sorprendida
le envía Antúnez la clave;
pero ¿a qué precio?, no sabe
aún si es al de la vida.

De Antúnez le apena el duelo,
su muerte le apesadumbra;
mas como por él columbra
cerca el logro de su anhelo,

en la honda satisfacción
de salirse con la suya,
su afán le impide que arguya
ni juzgue con reflexión.

Entre Ulloas y Mejías
tenido ha que ir a meterse
y contra todos valerse
de extremadas fechorías.

Mas ¿con qué maña ha podido
arrancarles tal secreto?
Por ellos muerto o sujeto,
¿en qué lazo le han cogido?

De muerte puesto en el trance
por Beatriz, ¿cómo escribe?
¿Cómo en manos de ella vive?
Libre, ¿cómo está a su alcance?

¿Por qué, dónde se halla oculta?
¿Por qué auxilio no le pide?
¿Qué mal hado se lo impide?
¿Qué azar se lo dificulta?

Dando a sus palabras vueltas
tiene delante el papel
sin apercibirse en él
ni coger las hebras sueltas.

Solo ve en él que le da
un hilo de la madeja,
y asido a él, por él deja
todo lo que suelto está.

Su mismo afán le marea,
y asido a su solo hilo
ya está con el alma en vilo
por abrir la chimenea:

y lo cierto en su impaciencia
ciego por verificar,
está próximo a arriesgar
el éxito sin prudencia.

Cualquiera imaginaría
que alimenta la esperanza
de realizar su venganza
al abrir la galería:

y que por sino feliz
va a hallar en ella entrampados
como topos encuevados
a Ulloa y a Beatriz.

Tenorio en la exaltación
de su triunfo va, inconsciente
acaso de lo que siente,
desde la mesa al balcón.

Y a través de la vidriera
la noche cerrar mirando,
con su mirada espesando
ir sus tinieblas quisiera.

Y mientra a que se adelante

la noche impaciente aguarda,
la hora se le retarda
de ir en cuanto se levante
    a hacer ver a sus hermanos
que razón tenía él solo
contra Beatriz, de su dolo
con las pruebas en las manos.
    Tiempo haciendo hasta que en obra
poner su pesquisa pueda
en cuanto suene la queda,
por distraer su zozobra,
    del mueble en que las custodia
saca y vuelve a colocar,
y las vuelve a desplegar
y el contenido salmodia
    a media voz, murmurándolas
sin saber qué hace siquiera,
las cartas de Antún y Miera,
por fin a guardar tornándolas
    en un mueble de secreto
de ébano incrustado en plata
que sirvió a Beatriz ingrata
de secretario discreto.
    Don César cuando partió
algo en él de ella buscaba;
mas del aroma que usaba
algo en él solo quedó.
    Y don César cada día,
sin darse razón por qué,
desde que Beatriz se fue
cincuenta veces lo abría.
    Misterios del alma son:
de odio y de amor los más cuerdos

suelen abrigar recuerdos
dulces en el corazón:
   y mientras unos almíbar
en los suyos saborean,
hay otros que se recrean
en mascar granos de acíbar.
   Don César, tan infeliz
en su odio como en su amor,
goza... un átomo de olor
del que usaba Beatriz.

   Una hora pasado habría
que se le hizo a aquél eterna,
cuando tomó una linterna
y la encendió en la bujía.
   Colocó ésta en un rincón
tras el biombo encubierta,
y asegurando la puerta
que da comunicación
   al salón y a la escalera,
pudo quedar descuidado
de ser de menos echado
mientras estuviese fuera.
   Ciñóse puñal y espada,
metióse en el camarín
y a los morillos en fin
mano echó sin miedo a nada.
   Apretó, empujó, el herraje
sintió imperceptiblemente
ceder, y calladamente
se desprendió de su encaje
   todo un cuarterón de muro
de la negra chimenea,

franqueando la boca fea
del descenso hondo y oscuro.
   Don César no vaciló:
Per Antúnez dio en lo cierto:
por el antro ante él abierto,
resuelto a sondarle entró.
   Bajó sin dificultad
por una escalera estrecha,
pero cómoda y bien hecha
del muro en la cavidad.
   De ella al pie efectivamente
dio con la puerta anunciada
como tiempo ha condenada
fija y permanentemente;
   y comprendió al verla atento
cómo del rey el tesoro
desde la torre del Oro
pasar debió a su aposento.
   Tanteóla: dio en su macizo
maderaje un golpe seco,
que repitió en largo eco
su invisible pasadizo,
   y continuó por la vía
del que ante él se prolongaba,
larga y recta galería
que ante él trémula alumbraba
la linterna que traía;
y tras él, según pasaba,
con la sombra que trazaba
a entenebrarse volvía:
   y el lento son repitiendo
de los pasos que iba dando
de alguien que le iba siguiendo

o que de él medroso huyendo
se alejaba parecía.

Don César con calma y brío
tranquilo avanzaba y ledo
por el socavón sombrío;
mas iba sintiendo frío
por el lugar, no por miedo:
pues bien sea porque el río
pase cercano, bien sea
porque algún huerto campea
regado sobre el camino
por un pie de agua vecino,
el techo en partes gotea.

Tal vez este subterráneo
que abierto Don Pedro halló,
un arquitecto labró
de los Flavios coetáneo.

Doquiera que alcance empero
su origen y antigüedad,
ya hasta la romana edad
ya a la del rey justiciero,
de él con espíritu bravo,
de su secreto curioso
y por penetrarle ansioso
don César llegó hasta el cabo.

Fin daba a camino tal
un postiguillo de bronce
tras el cual se abría de once
peldaños una espiral.

Subióla y dio en una oscura
pieza, en un cubo hecho a escuadra
cuyos muros no taladra
la menor perforadura.

Remate al ver tan extraño,
por primer vez le ocurrió
la idea en que antes no dio
de una traición o un engaño.
   ¡Y era una tremenda idea!
¡Si está por allí murado
y al descender se ha cerrado
detrás de él la chimenea!
   ¡Si estaba enterrado vivo!
Brotó a su frente el sudor
de la angustia, y tal terror
tenía ¡pardiez! motivo;
   porque doña Beatriz,
que es tan feroz como audaz,
es de atraerle capaz
a muerte tan infeliz.
   Y de afán en un momento
pensó en volver pies atrás;
pero un instante no más
duró en él tal pensamiento.
   A más de paso cobarde
vio que, puesto ya en su caso,
siempre para volver paso
era tiempo y era tarde.
   Buscó, pues, en rededor
de sí lo de más importe
por el momento, un resorte
como el de arriba, un motor
   que encima de él o delante
o bajo sus pies, un paño
de recinto tan extraño
o desencaje o levante;
   pues claro es que quien le hizo

y quienes salen y entran
por aquella parte encuentran
perforado el pasadizo.

    A la luz de su linterna
y a fuerza de registrar
concluyó al fin por hallar
la manija que gobierna

    un artificio motor
que como en la chimenea
un peso escondido emplea
en mover otro menor,

    Simple y antiguo artificio
de estos secretos de entonces,
ocultos siempre en esconces
y esquinas de un edificio.

    Tiró, apretó, alzó, bajó,
hasta que al fin atinando,
tras él sin ruido pasando
una losa se corrió.

    Respiró como hombre a quien
de encima le quitan una,
gracias dando a la fortuna
de haber librado tan bien.

    Don César creyó poder
fundar ya bien su esperanza
de tomar amplia venganza
al fin de aquella mujer.

    Soñó para el porvenir
saber hacerla tragar
un anzuelo que a morir
la arrastre en aquel lugar.

    Y permaneció un instante
absorto en el fijo objeto

a que debe aquel secreto
conducirle en adelante:
    «Los gemelos crecerán;
y pues son adulterinos,
sobre todos sus caminos
un Tenorio encontrarán.»
    Tal era su ilusión nueva;
mas vuelto, de su abstracción,
siguió viendo el socavón
subterráneo adónde lleva;
    y atravesó el hueco abierto;
mas en el nuevo lugar
al verse, creyó soñar,
de lo que veía incierto.
    En un vestíbulo estaba
de un panteón que claramente
por el son de aire que siente
vio que a plaza o campo daba.
    Y en dos capillas oscuras
laterales que hacen cruz
vio unas cuantas sepulturas
de su linterna a la luz.
    Aplicóla a los letreros
en sus lucillos grabados
y halló Ulloas enterrados
en los sepulcros primeros:
    y los que el fondo ocupaban
de las capillas sombrías
encontró que de Mejías
cadáveres encerraban.
    Del subterráneo camino
penetró todo el misterio:
aquel era el cementerio

del monasterio vecino.

Los Ulloas, del convento
antiguos cofundadores,
del secreto posesores
eran por fortuito evento.

Los frailes auxilio dan
hoy a Ulloas y a Mejías...
¿Si yendo y viniendo días
es un Ulloa el guardián?...

A él también se le previno
lo que don Luis mano a mano
dijo a don Guillén su hermano
acerca de su destino:

«Según como sople el viento
y venga el tiempo que pasa,
o el convento hunde a la casa
o ésta derriba al convento.»

Comprendió, pues, que era asunto
en que el todo por el todo
va y de ser de cualquier modo
dueño de aquel paso al punto.

Por las lumbreras miró,
se cercioró del lugar
y del paso asegurar
la posesión resolvió.

Tornó al camarín cuadrado
y a servirse fácilmente
de aquel artificio agente
del secreto averiguado.

Cerró; tornó la escalera
de caracol a bajar
y el tránsito a desandar
hasta el pie de la primera;

y a aquella puerta llegado
que al pie de ella se veía,
se dijo: «Veré otro día
lo que tras ella hay guardado.

»Hoy es tarde y tengo frío:
la emoción y la frescura
me vuelven la calentura.
¡Qué mísero cuerpo el mío!»

Sintiendo que ya dentea
y se cierne, apresuró
el paso, subió y volvió
a cerrar la chimenea.

Candado echó y pasador
al camarín, y al momento
de encontrarse en su aposento,
creyó sentirse mejor.

Mas fatigado y maltrecho,
por fuerte que hacerse quiso,
comprendió que era preciso
ganar cuanto antes el lecho.

Echó, pues, las ropas fuera:
un gran tazón de tisana
que estaba a su cabecera
de un trago apuró con gana;
sopló la luz de la cera
y sumiéndose en la lana
dijo: «Si coger pudiera
el sueño pronto, mañana
sería otro hombre. ¡Dios quiera
que me calme la tisana!»

Y anhelo tal proferido
en alta voz, cuello y cara
al arroparse aterido

sintió..., ilusión del oído
sin duda, pero jurara
que alguno se había reído.

XXII

Cerró don César los ojos
y en una postura cómoda
esperó de un sueño dulce
la calma reparadora.
Sentía a la verdad algo
que le producía incómoda
sensación de un malestar
nuevo; como una narcótica
pesadez que al mismo tiempo
le desvela y le amodorra
con los síntomas variables
de una exaltación nerviosa;
mas consecuencia creyéndola
natural de su anhelosa
expedición subterránea,
del sueño esperó mejora.
Fiado en su buena estrella
y en su contextura sólida,
seguro de despertarse
nuevo hombre a la nueva aurora,
dejó evocarse en su mente
las halagüeñas memorias
que en su corazón arraigan
y en ella se desarrollan.
De su amor y su venganza
las esperanzas recónditas
a revestirse empezaron
de mil halagüeñas formas;
y en mil vagarosos grupos
visiones vertiginosas,
creándose y disolviéndose

sin cesar unas en otras,
comenzaron a mecerle
entre la luz y las sombras
en que el sueño y la vigilia
del caos al borde flotan.
Mas aunque flotó rasando
del Leteo con las ondas,
no pudo lograr hundirse
del olvido en la agua lóbrega,
porque estas sombras del sueño,
en vez de una calma próxima,
disipó una repentina
jamás sentida congoja.
Sintió un malestar profundo,
una sed devoradora
que le seca las entrañas
y una fiebre que le aploma.
Mas todavía tomándolo
por impresión espasmódica,
efecto del paso súbito
del subterráneo a la alcoba,
esperando que la fiebre
en sudor próximo rompa,
inmóvil y cobijado
permaneció entre la ropa.
Empero con nuevas ansias
sintió el mal que le acongoja
crecer con terribles síntomas
que todo su ser trastornan.
Concibiendo al fin que tiene
su mal una causa incógnita
que ha menester pronto auxilio
y una medicina pronta,

se incorporó con intento
de llamar quien le socorra
antes de perder las fuerzas
que siente que le abandonan.
Pero antes que de su lecho
saltara, una luz dudosa
esclareció el aposento
al que se abría su alcoba:
y con asombro, y creyéndola
visión que su fiebre forja,
vio una mujer que alumbrándose
con una linterna sorda
avanzaba a él poco a poco
sin hacer ruido en la alfombra,
y envuelta en un largo manto
que impide que la conozca.
A pesar del dolor físico
que a cada instante le acosa
con más violencia, don César
concentró su atención toda
en aquella visión vaga
de quien allí a tales horas
la presencia no concibe
y el ser e intentos ignora.
Seguro de haber cerrado
con atención cuidadosa
las puertas, y convencido
de que debe hallarse a solas,
dudaba aún si ser podía
quimérica e incorpórea
creación que los delirios
de su calentura forjan.
Mas con la angustia en el alma,

sin voz ni hálito en la boca,
brotar del sudor del miedo
sintiendo en su faz las gotas
y con ojos que amagaban
saltársele de las órbitas,
avanzar hacia él velala
paso a paso silenciosa:
porque hay una circunstancia
que su afán mortal redobla
y que antes que su faz muestre
hace que él la reconozca,
y es que la dama velada
exhala de sí el aroma
que del mueble que fue de ella
aún la madera atesora:
del en que Beatriz guardaba
sus papeles y sus joyas
y en el cual de su recuerdo
dejó tras sí la ponzoña;
y es que aquel perfume, mezcla
que ella misma confecciona
con cantidades selectas
de esencias de Asia y Europa,
no es posible que se exhale
de la dama misteriosa
sino siendo Beatriz misma
la visión aterradora.
«¡Beatriz!,» exclamó don César;
«Beatriz,» repitió sonora
la voz de aquella visión
que en realidad se transforma,
porque echando a tierra el manto
mostróse ante él en persona

la más que nunca temible
Beatriz, más que nunca hermosa.
  Don César, bajo el mal físico
y el espanto que le postran,
tan solo acertó a exclamar:
«¿Qué es esto, ay de mí?» y la torva,
la resuelta, la implacable
Beatriz, con mofadora
sonrisa infernal le dijo:
«Que llegó tu última hora:
que los Mejías son águilas
y los Tenorios son moscas:
que tú mueres como un perro
a manos de una leona
y que en la partida yendo
empeñadas vida y honra,
te la ganan los Mejías
que juegan por los Ulloas.»
  Incapaz de más don César,
espantado contemplóla
sintiendo que lucha en vano
con la muerte ya muy próxima.
Beatriz continuó impasible:
«Yo te he puesto en esa pócima
la muerte y tú la has bebido:
muere y mi alma al morir sonda.
Per Antúnez dio tormento
a mis criados en Córdoba
de la casa de Juan Miera
en la cueva, y su bigornia
martilleaba éste cantando
a gritos alegres coplas
para ahogar los que sus víctimas

con mis secretos arrojan.
De éstos para recoger
la carta denunciadora,
la primera, a mi vez diles
tormento y muerte en Lisboa;
y te escribí la segunda.
Como una inocente tórtola
diste en mi red; mientras ibas
a ver dónde desemboca
el subterráneo, yo abría
la puerta herrada, que sólida
te pareció, y registraba
tu camarín y tu cómoda.
Las cartas serán ceniza
antes que expires: la bóveda
y el secreto a la merced
quedarán de los Ulloas;
tu casa a la de esa austera
comunidad religiosa;
y si algún día lo exigen
afrenta o venganza póstumas,
mientras un Ulloa viva
podrá como yo a estas horas
del Tenorio primogénito
penetrar hasta la alcoba.
Y ahora, don César, expira
con una muerte católica,
mientras mis cartas te sirven
de funerales antorchas.»
   Así Beatriz diciendo,
quemó en la luz las dos hojas
de pergamino, y su tío
el guardián entró en la alcoba.

Mas ya don César yacía
en la eternidad; la cólera
y el tósigo oír le ahorraron
aquella oración mortuoria.
   A la luz de su linterna
mostró Beatriz su faz roja
y apoplética a su tío:
el fraile a través miróla
y exclamó: «Ha sido una muerte
de réprobo; Dios acoja
su pobre alma bajo el manto
de su gran misericordia.»
Beatriz dijo con sonrisa
de incredulidad diabólica:
«Su muerte era lo que urgía:
¿de su alma a mí qué me importa?
Vámonos.» Echóse fuera
de la cámara; siguióla
el guardián; quedó tras ellos
la chimenea traidora
fría, maciza y barreada
por defuera, y en la cóncava
profundidad al perderse
sus pasos, rayó la aurora.

XXIII. Conclusión

¿Más explicación desea
algún lector? Por si acaso
cree alguno esta conclusión
pobre, añadiremos algo.
    Al mediodía forzóse
la cerradura del cuarto
y en él dieron los Tenorios
con el horrendo espectáculo.
Perdiéronse en conjeturas;
mas perdiendo al par el rastro
de la verdad, de don César
suicidio el fin juzgaron.
A ocultarlo decididos,
con procedimiento rápido
el descompuesto cadáver
en su féretro encerraron.
Los frailes, teniendo graves
sendos cirios en las manos,
sendos responsos rezáronle
al pie de su catafalco.
Acudieron a su entierro
los piadosos sevillanos
horas antes que a los toros
que aquel día se lidiaron;
y al cabo de una semana,
a excepción de sus hermanos
y su sobrino, de menos
no echó un vivo al enterrado.
    Tal es el mundo; mas nada
pasa en él sin que su paso
causa tenga o huella deje,
consume o prepare algo.

Libros a la carta

A la carta es un servicio especializado para
empresas,
librerías,
bibliotecas,
editoriales
y centros de enseñanza;
y permite confeccionar libros que, por su formato y concepción, sirven a los propósitos más específicos de estas instituciones.

Las empresas nos encargan ediciones personalizadas para marketing editorial o para regalos institucionales. Y los interesados solicitan, a título personal, ediciones antiguas, o no disponibles en el mercado; y las acompañan con notas y comentarios críticos.

Las ediciones tienen como apoyo un libro de estilo con todo tipo de referencias sobre los criterios de tratamiento tipográfico aplicados a nuestros libros que puede ser consultado en Linkgua-ediciones.com.

Linkgua edita por encargo diferentes versiones de una misma obra con distintos tratamientos ortotipográficos (actualizaciones de carácter divulgativo de un clásico, o versiones estrictamente fieles a la edición original de referencia).

Este servicio de ediciones a la carta le permitirá, si usted se dedica a la enseñanza, tener una forma de hacer pública su interpretación de un texto y, sobre una versión digitalizada «base», usted podrá introducir interpretaciones del texto fuente. Es un tópico que los profesores denuncien en clase los desmanes de una edición, o vayan comentando errores de interpretación de un texto y esta es una solución útil a esa necesidad del mundo académico.

Asimismo publicamos de manera sistemática, en un mismo catálogo, tesis doctorales y actas de congresos académicos, que son distribuidas a través de nuestra Web.

El servicio de «libros a la carta» funciona de dos formas.

1. Tenemos un fondo de libros digitalizados que usted puede personalizar en tiradas de al menos cinco ejemplares. Estas personalizaciones pueden ser de todo tipo: añadir notas de clase para uso de un grupo de estudiantes, introducir logos corporativos para uso con fines de marketing empresarial, etc. etc.

2. Buscamos libros descatalogados de otras editoriales y los reeditamos en tiradas cortas a petición de un cliente.

LK

www.ingramcontent.com/pod-product-compliance
Lightning Source LLC
Chambersburg PA
CBHW030824090426
42737CB00009B/861